i
imaginist

想象另一种可能

理
想
国
imaginist

直到长出青苔

［日］杉本博司 著

黄亚纪 译

北京日报出版社

目录

中文版序

　　历史为了成为历史，不得不等待那历史中人从此世消逝而去。历史明明是由当下所创造，但在历史旋涡中生存的我们，被无数抉择的波涛席卷，溺没其中，当我们终能回过神来，世界已朝着始料未及的方向流去。以我个人为例，年轻时漫无目的地离开了祖国，就这样在异国他乡度过大半人生，这一切皆是当初无从想象的。我成了流浪的艺术家，接触了各式各样的文明，西方文化是其一。经过如此长远的旅程，直到近来我才明白，我的个人精神是如何受到东方文明的深度滋润，而我的艺术创作，便是要把在今日连东方也逐渐遗忘的东方文明自古以来的价值放进可以西方文明脉络去叙述的当代艺术。

　　我因为居住在西方而理解了东方。中国与日本之间，曾经发生战争，每当遇见经历过战争的人们，我都会聆听他们的战时过往。但是现在，从战争中存活下来的人也相继过世，这段中日史，走到成为历史的时刻。当我阅读中日两国如何走向战争的历史文献时，那令人遗憾的分歧点让我痛心。1938 年 1 月 16 日，日本近卫文麿首相发表"不与中国国民政府交战"的声明，但是日本仍然拒绝了由德国驻华大使托德曼主持的和平调停。最初被视为和平派的近卫，当时为何要发动战争呢？我为此深感惋惜。或许，若日本没有对中国发动战争，美日两国亦不会开战，世界就能朝向孙文提倡的"大亚洲主义"发展。孙文在日本有许多友人，大隈重信（日本第八和第十七任首相）、犬养毅（日本第二十九任首相）、尾崎行雄等无数日本友人支持了孙文的辛亥革命。孙文流亡日本前后十年，在日本酝酿出后来的辛亥革命，但，日本却与历经苦难后开花结果的中华民国，发生了战争。一国的理想，因为与他国理想之间存在差异，导致彼此针锋相对。

此次，我的这本文集被译成中文，最高兴之处莫过于能让我不曾想象过的读者阅读此书。意外本身，才是最鼓舞我之事。

世贸大楼 │ 1997年 │ 出自 "建筑系列"

人究竟需要多少土地

Q：这是纽约世贸中心的照片吗？

A：是的，您很清楚呢。

Q：请问是何时拍摄的呢？

A：1997 年，在大楼受恐怖袭击而毁的三年前左右。

Q：不知怎的，看起来就像两座阴森的墓碑。

A：随着夕阳沉落哈得孙河，世贸中心也沉入阴影中，姿态美丽而不祥。

Q：九月十一日当天，您在哪里呢？

A：从我纽约工作室的屋顶，茫然望着世贸中心无声崩解的样子。

人究竟需要多少土地

　　我在纽约的工作室坐落在切尔西区，十一楼的阳台可一览纽约下城风光，那个九月十一日的早晨，天空一片晴朗，空气清新透明。我很喜欢清早来到工作室，享受独自一人的时光。那天也一如往常，我心中充满着迎接充实一天的预感，来到了工作室。突然间，电话响了。

　　是新泽西的同事，住在曼哈顿对岸。

　　"突然间，往世贸大楼的地铁都不动了，从这里望过去能看到些火花，好像是失火了，您赶紧到阳台上看看。"

　　我从暗房的紧急出口快步迈出，来到工作室的顶楼。世贸大楼的两栋建筑物正喷着火焰，有些大楼的碎片洒落下来，在晨光照耀下熠熠闪烁。我无法开口向电话那端的同事说明什么，只能茫然望着眼前的这片景象。更令我讶异的是，当时天空竟无比湛蓝，双塔发出炫目的银色，银色中又喷出朱红的火和漆黑的烟。

那一瞬间，我的判断力停滞。我仿佛看到神话中的八岐大蛇[1]将自己巨大的身躯栖息塔内，八颗蛇头吐出火焰般的舌尖，静静舔舐着大楼。

不知不觉，屋顶挤满了人。有人带着收音机，我听到华盛顿五角大楼也遭攻击，终于回神理解事态的严重性。但当时，我们谁也没想到世贸大楼竟会崩解开来，然后，就在一瞬间，缓慢而宁静地，整座大楼崩塌了。

下一秒钟，一阵强风席卷而来，沙尘覆盖曼哈顿岛的整个尾部，大楼崩塌时产生的气旋又把沙尘卷腾起来，瞬间卷到空中，与一秒钟前还存在的大楼一样高。周围的人发出了既非尖叫也非呻吟的哀号。

"It's gone. It's gone. Oh my god, oh my god, holy shit. It's gone."

第二栋大楼也没躲过这场浩劫。紧接着，帝国大厦也面临被撞击的危险。我往帝国大厦望去，突然间意识到街道的模样完全改变了，眼前的第十大道没有任何车辆通行，无论在人行道或静止的车阵中，人潮全窜动着往北边奔跑，绵延不绝地奔跑着。新闻报道说，进入曼哈顿的大桥和隧道已经完全封闭。

第二栋大楼崩毁后，留下的是庞大的失落感，如同某种象征被完全抹去的感觉。我已经走到面对死亡毫不惊恐的年龄，之前一个朋友在毫无预警下骤逝，我也仅有命运造化之感。但是当非生命的建筑体在包容数千人生命的同时却又让生命在瞬间消逝，如此无法想象的现实历历发生在眼前时，我想到的不再是命运，而是与文明的死亡交汇。

不久之后，一股气味席卷而来，电线短路的气味、塑料燃烧的气味，然后，人被烧焦的气味。当夜晚逼近，那股气味愈发强烈，崩毁的大楼残骸以蓝色夜空为背景，发出红色光芒，黑烟萦绕至高空，仿佛夸耀着自己就是散发气味的现场。往后好几周，这股气味飘浮在空气中挥散不去。

这令我想起平安末期活灵活现描写历史乱世的《方丈记》：

据闻大火源自樋口富之小路，或舞者之暂宿小屋。火势随风散布，如以扇助长。远处烟雾弥漫，近处火焰窜烧，灰烬空中飞舞，万物火光映照。时不堪风吹而熄，时又乘风蔓延，延烧都城一二町。其中之人，求生意识尽失，有受烟窒息者，有失明而活活焚死者。

　　这是鸭长明描写安元三年（1177）四月二十八日夜晚，延烧三分之一京都的那场大火。

　　鸭长明是下鸭神社的社司之子，可谓出身名门望族，自小认定日后自己将继承社司之职。他同时是才华横溢的文人，但他的才能却成为他遭流放的原因。鸭长明擅长弹琴，而正如和歌有和歌的家族，蹴鞠有蹴鞠的家族，琴也有琴的家族，不可逾越。一日，宫中演奏不可外传的秘曲，作为听众的鸭长明仅仅听了一回便暗记下曲调，并在另一次友人聚会中弹奏披露。消息传开，鸭长明因此遭起诉，从此被流放宫廷之外。

　　无论鸭长明是真喜欢抑或不得不喜欢，他抛开红尘，隐世而居。既然命运注定如此，不如欣然面对，转而接受逆境。他的名作《方丈记》便是由此而生。最有名的开头部分写道：

　　　　江河流水，潺湲不绝，后浪已不复为前浪。浮于凝滞之泡沫，忽而消失，忽而碰撞，却无长久飘摇之例。世人与栖息之处，不过如此。

萨沃伊别墅 | 1998 年 | 出自 "建筑系列"

短短数句，日本文化的"物之凄美"以及佛教的超然态度绝
妙浓缩于字里行间，长明以自身的不幸为能量，达到独特的领悟。

鸭长明的起居只需方丈（四叠半）大小的移动小屋，所谓"旅
人备宿一宿，有如老蚕吐织蚕茧"。心中若有欲成之事，则叠起
小屋移居他处。若有财产反遭盗窃，若得官禄反遭人嫉，只要自
我存在，不需妻子朋友，否则心生羁绊，无法坦率超然。

十年前，我造访了鸭长明的方丈迹。从京都醍醐寺再往南走，
来到日野富子[2]的出生地，那是名为日野的村落。穿过村落，老
旧的公营住宅排列着，然后再往住宅后的深山走去，现代文明的
痕迹逐渐自山路两旁消失，四周变得幽静苍茫。继续沿着称不上
溪流的潺潺流水登行，映入眼帘的是一落约四叠半的平台，一旁
立着"鸭长明方丈迹"石碑。他在《方丈记》中如此描写：

南有悬樋，以承清水；近有林，以拾薪材，无不怡然自得。
山故名音羽，落叶埋径，茂林深谷，西向晴空，如观西方净土。
春观藤花，恰似天上紫云。夏闻郭公，死时引吾往生。秋听
秋蝉，道尽世间悲苦。冬眺白雪，积后消逝，如我心罪障。

首先要有足够的清水才能生活，所以倚水而居，取暖用的薪材则可在树林捡拾，也不感不便。山谷野草茂密，掩埋了山路，当向西望向碧蓝天空，不是像极了观想西方净土吗？春天满溢着藤花的香气。夏天当我踏向另一个世界，布谷鸟鸣叫着指引我方向。秋天聆听秋蝉，就像听着虚无缥缈的世间悲哀。冬天的雪，如同我内心的迷惘，曾经堆积又逐渐消融。

鸭长明隐居在此的八百年后，我环顾四周，除日后建立的石碑外，丝毫没有改变。我，似乎来到逆浦岛[3]一般。

世贸中心所在的曼哈顿岛，是 1626 年荷兰西印度公司总督彼得·米努伊特以物品和印第安人换来的土地，交换的物品为布料、罐头、玻璃珠、短刀。我怀疑当时的印第安人对土地并没有所谓"所有"的概念。荷兰人将这里取名为新阿姆斯特丹，在今日华尔街的周边建立了碉堡，以防御印第安人袭击。当时人口约三百人。1664 年英荷战争后，曼哈顿岛转由英国统治，后来改称纽约，直到现在。

曼哈顿岛的巨大变化出现在二十世纪。每平方公里的土地所能聚集的资本，是全世界最庞大的。资本是生产商品的血液。虽然我现在是艺术家，但大学时代是经济系的学生，我记得马克思的《资本论》如此开始。

"资本主义之下的生产方式所生的社会财富，以商品堆积的形式呈现在世人面前。"商品具有使用价值和交换价值，货币是为了测量交换价值而出现的，资本主义就是从价值论开始。为何一张纸钞拥有一万元的价值？价值究竟是怎样的东西？《资本论》是开启我知识学问的书籍，但是后来，随着共产主义在西方的实验失败，这本书也落入被批判的深渊。不过，权力在任何时代都会滥用理想，所以苏格拉底才会坚持"恶法亦法"而饮下毒酒，马克思晚年则讽刺称"我不是马克思主义者"。无论何等高尚的理想，都摆脱不了被背叛的命运。

这样的曼哈顿累积来自世界各地的资本，建筑不断往空中发展，出现了二十世纪特有的都市景观。这个景观虽源自纽约，但二十世纪后半期，世界各地纷纷仿效，最后席卷日本、中国以及东南亚国家。

二十世纪初，各式各样前卫艺术的实验花朵在欧洲绽放，达达主义、未来派、风格派、构成主义……这些艺术也影响建筑风格。在十九世纪以前，人类居住的建筑基本上是以宗教信仰为中心建立的，发达的建筑装饰也都是为了表达神的庄严。但是到了二十

016

2003 年，芝加哥现代美术馆"杉本博司展"展示场景

世纪，宗教的影响力急转直下，追求前卫表现的建筑家不得不找
出当神不再存在时人类的居住形态。

在这样的背景下，现代主义建筑诞生了，以无装饰作为建筑
的装饰，以不宜居住作为居住的享受……柯布西耶、格罗皮乌斯、
密斯、特拉尼等，第一次世界大战结束后的短暂和平，新的思想、
新的表现、新的才能，都在此刻交汇、竞争。同时，世界迎来了
福特主义式大量生产的时代。对于新诞生的泰勒制[4]，柯布西耶曾
在他的一封信中如此描述："那恐怕是未来无法逃避的生活。"

现代主义诞生并传播开来，当时人们的生活也发生了前所未
有的剧烈变化。我决定对此进行验证，验证的方式是回溯到当时
建造的纪念碑般的建筑物。尽管我使用的是大型相机，拍摄出来
的影像却是全然模糊的，因为我将相机焦点设在比无限远还要远
的地方，透过相机的设定勉强使影像模糊。这样说吧，我想要窥
视这世界不应存在、比无限还要遥远好几倍的场所，却被模糊给
吞噬了。

建筑师着手设计新建筑时，脑中首先浮现建筑应有的理想姿
态，然后逐步形成计划、绘制设计图。但一旦开始施工，便如同
日本的《政治资金规正法》[5]般，逐渐远离最初的理想。最后成形

的建筑物，便是理想和现实妥协的产物。建筑师可以抵抗现实到何种程度，就能证明自己是何等层次的建筑师。换言之，建筑物是建筑的坟墓，而我，面对这些建筑的坟墓，将摄影焦点对在无限远，拍下阴魂不散的建筑魂魄。之后，我在芝加哥现代美术馆，替这些建筑冤魂举办了摄影展。

回到原本的话题。我想起另一篇印第安人出售土地的故事，是在中学语文课本上读到的，题目是"人究竟需要多少土地"。

一名男子向印第安人购买土地。男子和酋长站在土丘上，放眼望去是无际的大地。酋长说："你在太阳升起时出发，日落时回来，用你自己的双脚圈地，在你所到之处打下三根木桩作为记号，四边围下的土地就是你的。但如果日落前你没回来，我会没收所有的金钱。"

次日清晨，男子在酋长的目送下，和太阳一起从地平线出发。正午前，男子打下第一根木桩，然后拐了直角，继续向前。当打下第二根木桩时，他拥有了最适合耕作的湿地。男子继续加大步伐，往湿地的另一头走去，最后筋疲力尽地打下第三根木桩，如此一来，他拥有了最棒的放牧草原。男子不断不断加速，要从草原绕回土丘，这时夕阳已西斜，男子焦急地奔跑起来，在到达土丘之前看到夕阳已沉入一半，不过土丘上的酋长却用宽大的手召唤着他——对了，土丘上还可以看到整个太阳呢，男子兴奋地用尽最后力气，爬上土丘。"终于赶上了，"男子心想，"终于获得土地了。"男子沉浸在拥有土地的幸福中，疲惫而死。怜悯男子的酋长，亲手将男子埋葬在他所得到的土地上。

最终，男子需要的，不过就是埋葬自己身躯的土地罢了。

鸭长明只需要方丈。世界的资本只需要一平方英里的曼哈顿岛。向印第安人购买土地的男子，最后只需要一块适合自己的墓地。

究竟，我们需要多大的土地呢？

[1]　八岐大蛇：日本神话中拥有八头八尾的巨蛇，栖息于出云国的簸川上游。《古事记》记载素戈呜尊斩杀八岐大蛇时，于其中一尾中取出了天丛云剑，该剑是日本三大神器之一。（除特殊说明外，本书注释均为译者注。）

[2]　日野富子（1440—1496）：室町幕府第八代将军足利义政之妻。

[3]　逆浦岛：浦岛（今神奈川县横滨市），名称源自日本神话中的"浦岛太郎"。神话中，浦岛太郎来到海龙王的宫殿，在宫殿中度过数日后返回人间，人间却已过了七百年。逆浦岛，即与浦岛相反，在此为形容时间停滞之地。

[4]　泰勒制（Taylorism）：工程师 F. W. 泰勒于十九世纪末提出的科学管理方法，主张以科学方式衡量工作内容及分配时间，以提升生产力。

[5]　《政治资金规正法》：1948 年制定，规范了日本政党团体或政治活动的资金使用方式。

音乐课｜1999年

面向古乐器维吉诺琴的年轻女子，以及在一旁指导的音乐教师。从镜中反射的女子脸庞中看到女子的视线越过琴键，望向男子的腰部。而维吉诺琴的琴盖上，以拉丁文写着"音乐是欢乐的伴侣，悲伤的良药"。由这段文字，可以察觉两人间即将萌发的情愫，以及最后那个悲伤的结局

爱的起源

Q：这张照片，和维米尔的画作《音乐课》一模一样呢。

A：是的，维米尔所画的就是这个场景。

Q：但是当时，应该还没有摄影吧。

A：已经有名为暗箱的设备。

Q：那是什么呢？

A：我称之为复写机，画家沿着镜头捕捉到的影像轮廓描绘，是将实景转化为绘画的工具。

Q：那这张照片所拍摄的是？

A：把绘画再一次，转化为现实的作品。

爱的起源

1972 年，在当地马赛族称为"红色百合"的非洲草原上，有奇妙的足迹化石出土。考古学家、人类学家、地质学家、古生物学家做了详细调查后，大致归纳出以下结论。

约三百五十万年前，附近的活火山爆发，火山灰覆盖了大部分区域。等火山灰覆满大地，天降大雨，地面一片泥泞，多种多样的生物走过后留下了各种足迹。因火山灰含有和水泥类似的碳酸岩成分，所以足迹逐渐风干硬化。当活火山再次爆发，这些足迹就被火山灰掩埋起来。

三百五十万年后，一位女性考古学家玛丽·利基发现这些足迹。历史的大发现往往出于偶然，有如上天开的一场玩笑。利基的考古队已经花费八个月时间来挖掘，发现了牙齿和颚骨化石，经推断属于类人猿。那天，辛苦的工作告一段落，考古队正要放松心情时，队员安德烈恶作剧地拿起地上干燥的大象粪便往同伴身上扔去，同伴也拾起粪便予以反击。安德烈虽然未被击中，但在闪躲之际跌倒在地，趴向地面，于是看见了这些足迹化石。化石其实就在考古队每天经过的地方，但谁也没有注意到。

仔细分析这些化石的归属，除了有犀牛、大象、羚羊外，还发现了已经绝种的几内亚鸟、爪蹄兽，以及马的祖先三趾马。然后在化石中也发现了正向北走的足迹，总共有五十四步，推断属于已经能用两脚直立步行的类人猿。

有趣的是，这两只动物——或说两个人，总之是一对男女——的足迹，女方的足迹要比男方的小，但是两者的步幅是相同的，可推断女方在相当卖力地跟上男方的脚步。

这对足迹，就和现在年轻情侣在海边漫步相偎相依留下的足迹一模一样。人类在还未完全脱离猿猴状态时，就成双成对，肩靠着肩，走着相同的步伐。

1974 年，发现足迹化石后的第二年，埃塞俄比亚的哈达尔地区发现了同时代类人猿的骨头化石，身体约有四成保存良好。根据这些化石，便可以清楚知道类人猿脑的大小、手脚长度等细节。

下页照片中的女性，可说是人类第一位名媛。发现她的考古学家为自己的伟大发现雀跃了一番，之后便想到必须为这位女性

024

最早的人类情侣 | 1994年 | 出自"透视画馆系列"

取个名字。那时正播放着披头士的名曲《露西在缀满钻石的天空中》，因此将其命名为"露西"。

　　男和女，是青春期之后困扰着人类大半生的性别。性别到底是如何出现的呢？世界各地的古文明神话，说明了宇宙间要有两性的理由。

　　在巴比伦哲学中，生命起源于水，由两种不同状态的水（淡水男性之神阿普斯和盐水女性之神提阿玛特）所孕生。两种水融合，诞生了安努，一个既拥有感性也拥有理性的生命。巴比伦神话中也有胎儿漂浮于羊水中的图像。

　　在印度哲学中，想要逃离孤独的神将身体剖成两半，成为男性和女性，人类由此诞生。

　　希腊神话又是如何解释的呢？根据柏拉图《会饮篇》，人类最初为两性兼有，人的形体是以背相连的球状，具有两张面孔、两对手足、一对性器官。两性经过滚动翻转便可交合，这样肆无忌惮的行为触怒了宙斯。宙斯将人类一分为二，然后委托阿波罗将这切开来的男女形状稍加修饰，成为今日人类的样貌。从那时起，变成半身的人类便背负着寻找另一半的命运。

泥盆纪 | 1992年 | 出自"透视画馆系列"

　　左页照片拍摄的是地球生命诞生后不久的泥盆纪海底景观再现，是在有性生殖活跃以前那和平但也无趣的时代。

　　中学时候的生物课，让我知道许多令人讶异的真实，例如介绍哺乳类生态的章节中，有张配有插图的哺乳类发情时间一览表，从第一格的老鼠、猫、斑马开始，一一记载各类动物发情的月份。虽然春天和秋天发情的动物看起来最多，但最后一格的人类，发情时间写着一整年。

　　当时在我年少的身体和心灵中，某种暧昧不明的感觉正萌芽，我依稀觉得，那种感觉正和格子里所写的一整年有关。我记得，当我明白这种暧昧感将会永无止境地持续下去时，我一边感到喜悦，一边感到厌恶。不过，发情期的恒常化的确让人类有更多传宗接代的机会。

　　下页的照片是四万年前尼安德特人生活的再现。当时，人类懂得使用火和工具，智慧已经萌芽。男性把石器削作锐矛，女性也用石器缝制皮衣。女性因为像照片中一样用牙齿咬着兽皮工作，所以挖掘出的尼安德特人女性化石，前齿多有擦痕。照片中，右边的女性应为婆婆，她发号施令，把工作都交给了媳妇。现代社会大多也是如此。

尼安德特人｜1994 年｜出自"透视画馆系列"

当人类因习得狩猎技术而穿起毛皮，就是时尚的开端。即使到了现在，时尚界中毛皮的地位依旧很高。毛皮便于获取，具有良好的保暖功能。人类得到毛皮后，身上的体毛便逐渐稀少。最后，人们获得超越季节的保温能力。这种能力与发情日常化应该有些关系吧。

人类在懂得使用火和工具前后，形成了埋葬的习惯，埋葬的行为和时间意识的产生息息相关。母黑猩猩在小孩去世后的前两天会抱着孩子，但从第三天起就漠不关心、弃之不顾了。这是黑猩猩无法将死亡意识化的缘故。

但人类并非如此。当同甘共苦、一起生活的至亲从世上消失，心中会留下强烈的空虚感。所以人类埋葬死者，并为死者立下墓碑作为标记，每次看到标记时，对往生者的记忆便会苏醒。对于他此刻已不在的"现在"，和他仍活在世上的时光，这两者的差别，人类不知为何就是能有意识地去理解。时间的意识和记忆连接起来，人类也因此知晓因果。

过去发生之事和现存之事的关系，人类的诞生和死亡，各种事件发生的顺序，就是有因必有果的意识。青蛙鸣叫之后天降甘霖，雷鸣电闪后往往发生森林大火，鲇鱼跳出水面则是地震的预

克罗马农人 │1994年 │出自"透视画馆系列"

兆。人类因为拥有时间意识，所以有余力去理解万物的因果，进而发现这种时间意识也可以应用在未来。

现在播种的话，秋天就能收成；现在撒网的话，明天就有渔获。人类逐渐演变得开始思考现在还看不到的未来，为了应该会发生的未来决定现在要做的事情。不久之后，现代文明就揭幕了。

左页的照片，再现了被称为欧洲人祖先的克罗马农人，他们生活在一万五千年前。其身着的毛皮的风格已经非常洗练。博物馆甚至使用十七吨长毛象的骨头盖起了类似弗兰克·盖里[1]风格的建筑。

在这座发掘于乌克兰的遗迹中，还出土了用骨头削制、开洞穿线的骨针。我幻想着，深夜的长毛象骨屋中，一个妻子坐在火把边为丈夫缝制衣物的背影。

行笔至此，我还是无法定义爱的起源。但，现在的人类将爱情化作岁时节令在经营，那样的爱，注定存有期限。

---

[1]　弗兰克·盖里（Frank Owen Gehry）：现代建筑师，1929 年出生于加拿大多伦多，曾获得普利兹克建筑奖。

华严瀑布 | 1977年

地灵的遗嘱

Q：日本的瀑布和外国的瀑布有什么不同？

A：最大的不同是，日本的瀑布边上立着对自杀者的劝告。

Q：请问写着什么？

A：最多的是"请再思考一次，您父母会何等悲伤"。

Q：还有其他的吗？

A：其次是"您这样会麻烦所有人"。

　　这两种说法，对日本人而言是最有效的。

地灵的遗嘱

1977 年，我回到久违的日本，因为申请的美国居留权已通过，但是部分文件必须回东京的美国大使馆领取。我并不打算放弃日本国籍，不过法律上已经没有回去的必要。一直以来日本对我而言就像是空气与水一般的自然存在，一想到要与它正式告别，我心中便突然有种难分难舍的特殊情感。旅居海外的六年中，我深深了解在多样的地球环境里，日本的自然环境是非常特别的存在。当时我刚搬到纽约，定居纽约前我也曾在加州人工沙漠绿洲城市度过几年光阴。更早之前，我还有一段居无定所的流浪日子，从横滨坐船到纳霍德卡¹，再乘坐伪满洲国时期的铁路前往莫斯科。往火车窗外望去，说是荒地也好、荒野也好，我依然记得面对被砍伐殆尽的自然时是何等惊讶：人类可以居住在这样的地方吗？为了这样的土地，人类有必要发起战争吗？

德国的森林有幽暗阴沉之感，最原始的欧洲其实就是一片阴暗巨大的森林。古代日耳曼民族迁徙时，在森林中辟设了一些据点，这些据点逐渐演变为村落，接着发展成中世纪都市。也就是说，都市的发展把森林切割了开来。在过去，森林中住着精灵，白雪公主和七个小矮人的故事原型就是欧洲森林神话。即使是现在，在德国中产家庭的院子中还可以看到淘气的小矮人雕像。当我向德国艺术家朋友请教这件事时，他露出"不要问我"的表情，只说是德国前近代遗留下来的风俗。我的天性是越得不到答案，反而越想追根究底。欧洲的河流也与日本差异甚大，水量固定，大船可溯流而上，深入内陆，是天然的运河。

经过一千五百多年的发展，欧洲大陆的阴暗森林多已被砍伐殆尽，现在只剩下阿尔卑斯山的高峰，其他则已变成牧地、耕地或城市。日本列岛又如何呢？在急速现代化的日本，所有平原都已开发殆尽，但是从高空俯瞰，日本国土还有三分之二被深绿色所覆盖，很多地方的绿色甚至逼近海岸。这主要是因为日本高山都太过险峻，不适合人类居住，而险峻高山上流下的湍急河水，瞬间穿过狭窄的平原，注入海洋，一旦连续降雨，河水就变为浊流，淹没堤防，放晴后就出现美丽的冲积河岸。日本的绿是由多种多样的植物构成的，从东边到北边是榉木林和橡木林，从西边到南边是常绿阔叶林，在地表上，很少见到如此丰富、特殊的自然环境。

停留日本的短暂期间，我参观了日本各地的瀑布，当时的我正在实验如何将"水"作品化。我成为半个外国人后，回到祖国第一个要去的地方就是日光市。我搭乘升降梯抵达华严瀑布的展望台，狭小的平台上挤满毕业旅行的学生，瀑布被浓雾包围，只听到雷响般的瀑布声回荡山谷。我往声音传来的方向架起相机，装好底片，不到片刻，意想不到的事情发生了：浓雾瞬间消退，瀑布就呈现在我眼前，我连调整构图的时间都没有，只急忙按下快门。数秒之后，瀑布又再度消失在浓雾中，再也没有出现。一瞬间，我感到周遭毕业旅行学生的喧嚣随着浓雾一齐消散，我看到瀑布的初始——神山的男体山 2 爆发，灼热的熔岩掩埋山谷，成为湖泊，湖泊溢出的水往下流落，变成了瀑布。我想，瀑布就是地灵的杰作，生命从自然中涌出，然后又回归于自然当中。

1903 年，一名美少年跃入这座瀑布自杀。藤村操 3，十六岁，一高 4 的学生。在当时引起社会注目，因为这是日本第一起形而上学的自杀，并且在年轻学子间引起巨大轰动。当年共有十一人跳入瀑布而亡，若包括自杀未遂者，四年间共有一百八十五名年轻人企图自杀。藤村在跃入瀑布之前，削了一支瀑布边的木头，写下知名的"岩头之感"：

> 悠悠哉天壤
>
> 遥遥哉古今
>
> 小小五尺之躯欲丈量世界之广大
>
> 赫瑞修之哲学[5]又值多少评价？
>
> 万物真相，一言以蔽之
>
> 曰"不可解"
>
> 此不解之恨烦闷我心，终决一死
>
> 既立岩头，心中不安遁去
>
> 始知，世上最大之悲观，最大之乐观，实为一致

　　年少之时总会为人生问题所苦，相较之下，今日及时行乐的风气才是问题所在。在"岩头之感"中可以读到，明治时代（1868—1912）接受西方教育的藤村操在接触尼采、叔本华的西洋哲学后深感苦恼，决心一死。但一到赴死的阶段，藤村忽然又变回"日本人"，选择投身神所居住的华严瀑布。在日本人心中，这座瀑布是最大的悲观和最大的乐观相通的地方。藤村投向日本的地灵，

十字形陶偶
像高14.5厘米 │ 绳文时代中期

再一次投入无限的轮回。

日本的绳文时代（公元前 14000—前 300）介于旧石器时代和弥生时代（公元前 300—公元 300）之间，前后持续了万年以上。世上没有任何地方像日本一样，历经如此漫长的狩猎采集生活。理由非常简单，就是大自然给予日本的丰富恩赐：多样的森林、结实累累的树木、取之不竭的海边鱼贝。就生活环境而言，这几乎是过度保护了。反观世界四大文明发祥地，环境大多是严苛的。埃及和美索不达米亚文明源于沙漠、河流与绿洲，为了生存，人类不得不同舟共济，寻求各种方法活下去，所以必须发明文字，必须发展出灌溉系统。这些文明，诞生自人和自然的生死搏斗，自然是人类要以智慧去克服的对象。但是在日本，自然并不是需要克服的对象，而是应当敬畏、崇拜、祭祀的对象。

开创日本考古学的人物，是 1877 年赴日的美国人爱德华·莫尔斯。爱德华·莫尔斯是动物学家，当时他自费赴日的目的，是为了研究类似双壳贝的腕足类。腕足类中的三味线贝、酸浆贝被称为"活化石"，据说六亿年来形态几乎没有改变。热衷研究的莫尔斯，一听说日本海岸栖息着多种腕足类，立刻按捺不住来到日本考察。那一年的六月十九日对莫尔斯而言是非常幸运的日子，

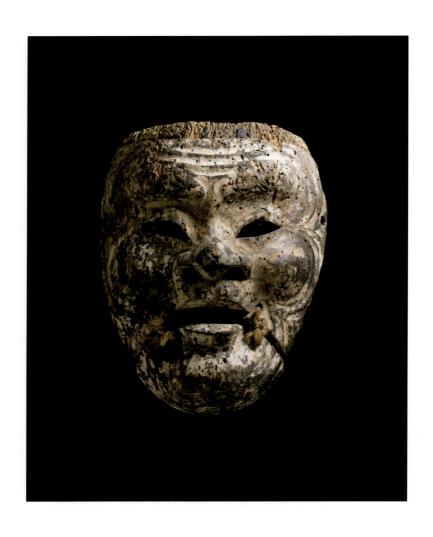

古面具"父尉"

长16.5厘米 ｜ 镰仓时代

当时日本还是严格管制外国人活动的时代，莫尔斯为了研究之便，约了文部省顾问戴维·莫瑞会面。莫尔斯在乘车从横滨前往新桥的途中，看到因铁路工程而外露的石层。就是这样偶然的机会，莫尔斯发现了大森贝冢。当日和莫瑞一同出席的东京大学教授外山正一还邀请莫尔斯担任东京大学法理文学部生物学科动物学教授，这对莫尔斯真是求之不得的机会，因为如此一来，他就有足够的资金和人力进行考古了。我研读莫尔斯的研究著作《大森贝冢》（1879 年出版）时，为他精致的研究方法而惊叹。莫尔斯为每一件发掘出的绳文土器、骨针绘制了美丽的素描，并收录在书籍中。根据他的考古成果，我们可以窥探此区昔日居民绳文人的生活形态。第 38 页照片中所展示的，就是绳文时代中期的陶偶，制作年代略早于大森贝冢。究竟为何要制作这样的陶偶呢？至今仍众说纷纭。不过我为这具陶偶取名为"喊叫的女人"，因为我感觉这陶偶似乎与萨满教有关，表现的是人与自然界通灵时的模样。在当时人看来，我们所居住的土地都有地灵。为了祭祀地灵，当时想必举行过各种仪式、祭典吧。但究竟是怎样的仪式和祭典呢？我们只能从陶偶的表情推测了。

　　绳文时代后，时代更迭，来到镰仓时代（1192—1333）和南北

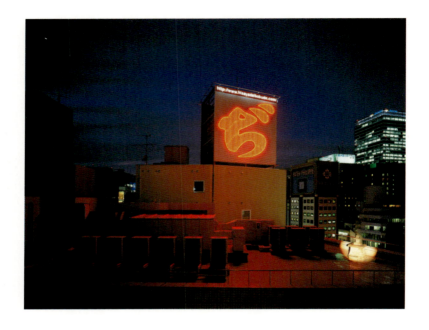

地灵的遗嘱

朝时代（1336—1392），我得到一件和陶偶一样可以作为证据的古面具（40页）。我推测，这件古面具是观阿弥、世阿弥父子[6]集能乐之大成以前，也就是能乐还被称为田乐和猿乐时期的古物。仿佛可以听到它从地底传来隆隆作响的呻吟。

时代继续更迭，来到现代的东京。这十年来，我的事务所设在银座一丁目一栋大楼的九层。银座一带是江户时代（1603—1867）根据都市计划开发的土地。在那之前，由太田道灌修筑的江户城中，从银座到东京车站都是沙洲，"文字通"路八重洲口附近则有水波拍打，非常惬意。之后沙洲被掩埋，建造了如威尼斯般的运河网。从江户时代中期的地图可以看到水从大川引进，自江户城的外城起，通过运河自由往返神乐坂、神田、浅草、数寄屋桥到江户湾。文化文政时期（1804—1830），日本桥至银座一带的商店栉比鳞次，作为商业都市的江户大为繁华，当时每户商家都设有神坛，店家附近也必定有奉祀地灵的稻荷神社。即便历经了大地震或大空袭，人们还是会重新兴建起神社以维护此传统。祭祀地灵之习开始大幅改变，是在经济高度发展及之后泡沫经济破灭的时期，因为世代在此营生的商家出售了土地，即使留下了土地也将平房改建为大楼，地灵的神社被迫迁移到大楼的楼顶。

我事务所对面的大楼便是如此。数年前大楼的主人，就称他为地主吧，每天在屋顶的地灵神社前供奉神木，清扫祭拜。数年前的某日，大楼入口张贴了裁判所的公文，宣告大楼将由银行托管，从此神社再也无人祭拜。最近，大楼旁又新盖了一栋大楼，到了夜晚，神社静静伫立在喧闹城市里的红色霓虹灯下。近来又听说大楼被外资房地产公司买下。

回到纽约后不久，东京事务所联络我，说神社主持带着几名公司员工到神社前祭拜。一直认为不久之后神社将遭遗弃的我，为自己写下这段文章感到羞愧。但是过了一个星期，东京事务所又急忙打电话过来："糟糕，现在他们要把神社拆了。"一天之内，屋顶上的神社不复存在。

地灵大概已经预知这一天的到来，然后托我动笔，写下它的遗嘱。

[1] 纳霍德卡：俄罗斯港口城市，面对日本海。

[2] 男体山：位于日本栃木县日光市内的圆锥形火山，附近有女峰山、太郎山，自古为山岳灵地。

[3] 藤村操（1886—1903）：出生于北海道，富商之后，算是名校精英。十六岁时投身华严瀑布自杀，于现场留下了"岩头之感"遗书，在当时引起媒体及知识分子的关注。

[4] 一高：旧制第一高等学校，简称一高，今东京大学的前身院校之一。

[5] 赫瑞修之哲学：实际上并无名为赫瑞修的哲学家或学派，后人推论藤村操遗书中的"赫瑞修之哲学"是引用莎士比亚名剧《哈姆雷特》中主角对好友赫瑞修说的一句话："There are more things in heaven and earth, Horatio, than are dreamt of in your philosophy."（天地之大，比你所能梦想到的多得多。）

[6] 观阿弥、世阿弥父子：十四世纪，日本南北朝时代的能剧作家及表演家。父亲观阿弥为能剧"观式流"流派始祖，将净土宗的思想融入表演中；其子世阿弥则将禅宗思想带入能乐。父子二人奠定了今日能乐的根基。

奥地利布雷根兹美术馆特别设置的能舞台，以杉本博司的作品《松林图》为镜板。
2001年，能剧《屋岛》便是在此舞台上公演

能——时间的样式

Q：对您而言，能是什么？

A：时间的流动化。

Q：是什么意思呢？

A：时间是单向地从过去到未来，但是能的时间却是自由来去。

Q：就是时光机器呢。

A：梦是能剧乘坐的工具。

所以被称为梦幻能。

能——时间的样式

我，从使用名为"摄影"的装置以来，一直想去呈现的东西，就是人类远古的记忆。那既是个人的记忆，一个文明的记忆，也是人类全体的记忆。我沿着时间回溯，想唤起我们到底来自何处、我们究竟如何诞生的思考。

至于我个人，则存在一种黑暗、长时间处于朦胧之下的混沌记忆。在那里，有一条如细线般的东西延伸开来，拽着线前行，就被牵引到如深海的黑暗当中。但是我深信线的另一端远远连接着一个遥远、未知的所在。我们眼前的这一端是"现在"，在我们的牵引中，线不知不觉地延长，那另一端的"记忆"，就逐渐离我们远去。

海的记忆。我非常确信我拥有的记忆，就是海的记忆。晴空万里，锐利的水平线，从无限远的那一方拍打过来的海浪。当我看到这幅景象时，感觉在我的童稚之心中，有什么东西从久远的梦境中苏醒过来。我看了看自己的手和脚，然后我意识到我在俯瞰自己，我化为这风景的一部分，而我的人生就从此刻开始了。

那之后的四十年，在一个边探寻着海景的记忆，边在意大利北部海岸旅行的日子里，我与某座小村庄的墓地相遇了。在小丘上面朝海洋的古老公墓中，每块墓碑上都刻有墓志铭，还有埋身在此的亡者肖像照片，镶嵌在蛋形的玻璃之中。有些照片因光阴而起了银化现象，从某个角度看去就像一层薄薄的影子，有些脸孔则因水渗入而溶化，仅仅能看出是人的脸，反而留下深刻印象。根据墓志铭，这里埋葬的人都在十九世纪出生、二十世纪初过世，不只有年迈过世的老者，也有年纪轻轻便死去的人，夭折的可爱小孩也不少。我一边看着这些肖像照片，一边陷入奇妙的错觉，这些墓碑原本是不是只嵌着蛋形玻璃呢？亡者的灵魂在时间的陪伴下，徐徐爬上玻璃，在玻璃中浮现出他们银色的肖像，然后对着素昧平生的我，开口倾诉了些什么。我在村庄停留三日，每天都来到这片墓地，不知为何，我觉得他们的肖像，一天比一天还要深浓。

所谓的摄影装置，是由一对阴阳机械所构成的塑造形体的装置。在活生生的人脸上直接铸模，再由铸模制作出一模一样的面具，但是要达到完全相同的境界还有一点距离。随着时间流逝，

意大利北部公墓墓碑上的肖像照

面具渐渐背叛活生生的面孔，因为面具不会变老，但是脸却会像美少年格雷的画像般逐渐老朽，在死亡之后只有面具残留下来。如同秋蝉在脱离地底的那一刻奋力脱壳、展翅飞翔，人的灵魂也将褪下躯体、留下照片，往自由启程飞去，这就是死亡。日本自古以来称此为成佛。

我和面具最初的相遇，是高中时参观东京国立博物馆举办的图坦卡蒙展。我在大排长龙后终于来到面具前，周围的黄金灿烂地散发着国王的威严，面具刻画着英年早逝的国王面孔，深浓的眼影晕染着，头戴毒蛇王冠，栩栩如生，光彩照人。展览图录中刊载了一张国王木乃伊绷带被剥开的照片，我向来认为摄影就是活生生的真实，故眼前的照片让我大吃一惊，因为那不是亡者生前的姿态，而是拍摄下来的死亡本身活生生的姿态，一个跨越三千三百年的活生生的死。相对地，死者生前的姿态被留在黄金面具上。我就像跌进面具和摄影之间的时间裂缝，至今依然记得那无法言述的战栗。图录记载着木乃伊挖掘的始末，卡纳冯勋爵是木乃伊的发现者之一，也全面赞助挖掘的经费。他发现木乃伊后数个月，在开罗遭蚊子叮咬，引发急性化脓而死。图录表示，勋爵的死既非黄热病也非疟疾，相当离奇。往后的数年间，和挖掘相关的人士纷纷莫名死于意外。我也在这个故事中了解到"业障"这个佛教用语的意义。

　　能剧由简单的要素构成：旅行的僧侣、桥梁以及梦境。旅行的僧侣因为走过一座桥而从世间的时间束缚中解脱，进入另一个世界。僧侣在那个世界想念昔日地上世界的种种。这时不知何处出现了一个人，详述昔日的故事。僧侣感到不可思议，问起对方的名字，此人却留下难解话语，便凭空消失。当深夜降临，僧侣在睡梦中再次见到方才之人。他告诉僧侣，其实他就是那悲剧故事主角的亡灵，他因修行不够而滞留人间，为无法成佛而苦。亡灵也开始舞蹈起来。僧侣为亡灵祷告后天空破晓，亡灵也默默消失了。这是十五世纪世阿弥这位天才剧作家所创造出来的演剧形式。在能的物语中登场的主角都是历史名人，例如《源氏物语》《平家物语》《伊势物语》，这些人物都是日本人全体共有的远古记忆。这个记忆以梦幻能的形式反复萌生出共同幻想的剧的空间，这当中又有几种不同的时间交错，首先有观众看着舞台的时间、僧侣在舞台上旅行的中世纪（十二世纪末至十八世纪初）时间，还有从中世纪回溯数千年的亡灵时间，这三种时间在同一个空间中同时存在并转换着。

　　能面是用于在同一空间中自由来去于不同时间的装置。能剧的演出分为前半场和后半场，在前半场中，悲剧主角化身各种面貌，戴着面具出场，有些是年迈的渔师，有些则是年轻的村庄少女。到了后半场，主角的亡灵换上他生前面孔的面具，这时亡灵自身也变成生前的化身，可说经过两次变身。亡灵有时是战败的武将，有时是恋情未果而疯狂的女鬼。在这里，老人变成了年轻武者，妙龄少女变成了女鬼，舞台上的时间在瞬间转换，到达剧情的高潮。

　　能的主角（称为仕手）在走过桥梁登场之前，会待在称作"镜之间"的房间，这个空间不只是单纯的后台，也可视为神圣仪式的空间。演员通过戴上面具的过程，让演出人物的灵魂经由镜子和面具附在仕手身上。所以"镜之间"是为了仪式而生的空间。反过来，死者的灵魂也通过面具被移转到仕手此世暂时的身躯上。

　　根据世阿弥所留下名为《花传书》的文字，能的起源是日本古代神话中名为天照大神的太阳神躲藏在天岩户时，天钿女命为了引出大神所跳的舞蹈。而古希腊时代同样戴着面具演出的悲剧，则据说是为了歌赞酒神狄俄尼索斯的祭典，但是古希腊悲剧中断千年以上，现在已经很难窥探当时的真貌。日本在文字出现以前，有人专职以记忆来保存史事，名为语部。通过语部口述而保留下

2001年，"蜡烛能"《屋岛》于纽约迪亚艺术中心公演的场景

来的古代神话，经过中世纪的世阿弥而化为能剧，至今仍流传不绝，几乎可称为奇迹了。

虽然现在才想到，但卡纳冯勋爵的灵魂是否也成佛了呢？尽管根据基督教的说法，勋爵的灵魂应该前往天堂或地狱，但是卡纳冯勋爵唤醒的图坦卡蒙是人类在基督教成立之前的古老记忆，属于萨满教或泛灵论，也因此勋爵总被认为是受到咒杀。当图坦卡蒙的灵魂从绷带中解放出来时，他一定就如能剧中的仕手般对着卡纳冯勋爵泣诉着：不要将我唤醒，不要将我唤醒。

> 花落无法恢复，镜破无法重圆
>
> 虽妄执瞋恚
>
> 也只能回归鬼神境界
>
> 我身受苦受难
>
> 修罗地之滔滔白浪，此业因也

我将能剧《屋岛》中的这段台词默记心中，哪一天将到英格兰造访卡纳冯勋爵的安息之墓。

从护王神社拜殿瞻望神域

再建护王神社

APPROPRIATE PROPORTION

Q：您是摄影家，为什么会去建设神社？

A：虽被称为摄影家，但我一直在处理水、空气，还有光线。

　建筑也是类似的艺术。

Q：请问"appropriate proportion"，该如何翻译？

A：神居住在特殊场域里，而那些场域存在着特殊的比例。

Q：是指建筑上的比例吗，比如说梁和柱？

A：这里的比例指的是场域的迹象。

Q：那"appropriate"，是适切之意吧？

A：感到空间适切时，日本人会用"通达"来形容。

Q：所以就是，场域通达，自然就会呈现清楚的迹象？

A：是的，一种凛然的空气。

再建护王神社

APPROPRIATE PROPORTION

作为直岛"家计划"*的第四件作品，我计划全面改建护王神社。护王神社的神域始建于足利时代（即室町时代，1336—1573），江户时代初期的领主高原氏曾加以整修，明治时代初期历经火灾后一度重建，但当时，本殿栋礼¹的文字仍清楚可读。之后又历经百年以上岁月，缺乏大规模整顿的神社几乎完全崩坏，为此，神像被迁移到别宫，并准备重建新的神社本殿。此时，再建护王神社的计划被纳入直岛"家计划"，指定由作为当代艺术家的我来设计。

我再建护王神社的设计方针为：丢弃既存样式，回溯到古代神殿的样式，重新设计。镰仓时代初期，首次造访伊势神宫的西行²留下一首短歌：

奥妙虽不解　惶恐泪潜然

在西行的时代，万物的起源已消失在遥远的民族记忆中，人类无从了解世界初始的奥秘，但在神社建筑的氛围中，却存在着能够触动日本人心弦的某种东西。西行的心也感应到这种无法言喻的感觉，即体验到具有特殊"质"的"场域"，也就是所谓神域所拥有的特殊力量。

和神域观念比较起来，为神居住的场域建造具体的建筑空间，其发源相当晚，直至六世纪佛教建筑技法传入后才开始。也因此，日本至今仍有神社没有本殿建筑。

奈良的大神神社，三轮山即为神体，设置拜殿只是方便人们参拜。浮在玄界滩的冲岛，岛本身就是神体，拜殿则遥遥设在九州岛本土，让人们从九州岛遥祭。这种神殿建筑出现之前的信仰形态，从绳文时代延续很长一段时间到弥生时代，甚至和古坟时代（三世纪后期至七世纪）孕育出的原始泛灵论相通。当时神被认为无所不在，它降临在神木、岩石或是山上，因此人类在这些特殊能量的场域中洒扫清洁、界定结界、精进洁斋，等待神明来访。我再建护王神社的设计，就从神明降临的巨岩盘座[3]开始。

直岛幸运地浮在濑户内海，附近尽是从中世纪以降便声名远播的采石场，例如小豆岛和犬岛出产的石头曾经用作修筑大阪城

从神域正面望去的拜殿和本殿

的石墙，两座岛至今仍是巨石生产地。屋岛古战场附近的牟礼同样生产美丽的巨石。当我们参访冈山市郊的万成山时，在采石场中发现一块巨大的石板。石板是自然形成的，未经人类加工，重达二十四吨，所以长期被放置在此。我瞬间被巨石所征服。巨石释放出强烈的磁力，让我完全听命于它，遵循它的意志。

这让我想起英年早逝的友人三木富雄所说的一段话："不是我选择了耳朵，而是耳朵选择了我。"三木曾是以耳朵为主题创作的著名雕刻家。

仁德天皇是护王神社祭祀的神明之一，其陵墓是世上最大的"前方后圆"古坟。我一直对仁德天皇的时代（四世纪）抱持疑问和好奇，那是日本史上一个特别的时代，见于《古事记》（成书于712）和《日本书纪》（成书于720）。可以说，两部书诞生于日本历史由神话传承转变为书写笔录之际。大概同时间，过去兴建古坟之风可说是骤然停止，伊势神宫的神域落成。天武天皇元年（672），朝廷初次设置了内宫和外宫的"祢宜"[4]。短时间内的巨大变化启发我各种想象，最后我归结出一个建筑上的假设，就是：也许历史上有段神社本殿和古坟并存的时期。

我认为神降临的盘座和制作古坟的巨石之间一定具有某种关

062

光学玻璃阶梯的侧面

联。在原始泛灵论的信仰中，不是深信山中洞穴和神木树根所造成的深邃空间中都有灵力存在吗？这种关系也可在天岩户神话[5]中窥见。而人类也以人力制造出这种深邃空间，即古坟。因此我认为，应该将联系黄泉之国的空间与联系太阳神的天上神殿连接起来，而连接用的物质必须是一种既古又新的素材，这种素材必定能让光穿透，也能化为人类所膜拜的对象。反复思考时，我想到古坟中陪葬的玉，或是琢磨过的水晶。继续寻找的结果是，我决定使用比空气还透明的光学玻璃。如此，神殿的设计成形了。

神殿的设计由四个部分组成，即本殿和拜殿、神降临的盘座和穿透的石室、连接地下与地上的光学玻璃阶梯，以及为了进入石室而在山腹中挖凿出的细长隧道。

现代土木技术可以快速且便宜地建造所有大型建筑物，但是那样真的具有美感吗？我经常质疑。护王神社的建设工程大多仰赖人的手工，石室建筑甚至连草图都不需要了，或许说因为根本无法绘出设计图。日复一日，人类用双手探索地层，脆弱的地层逐渐崩解开来，只留下坚硬的地层。工程初期，我们依照最初绘制的设计图以矩形挖掘。数周之后，终于显现垂直矩形空间的雏形。那天夜晚下起了久违的细雨，隔天早晨，挖出的石室墙壁全

石室内部，光线透过光学玻璃阶梯射入

崩坏了，却意外露出更多美丽的地层。从那时起，我就放弃使用建筑图了。

确定基本设计和开工日期后，我开始设想竣工的日子。竣工之日也是从临时拜殿迎接神体的日子。迎神仪式将秘密举行，四周灯火全熄，由神官在漆黑深夜里执行。为了这个特别的日子，我计划在神面前上演一出奉纳能剧，我选了直岛上可隔海眺望源平合战（1180—1185）古战场的"屋岛"。屋岛是源平合战的发端。在造成武士势力抬头的保元之乱（1156）中，败北的崇德天皇被流放于此，在悲愤中驾崩。崇德院[6]的墓就在这座山的山麓。崇德院一直被视为恐怖的冤魂，因此我以镇压崇德院冤魂的念头，奉纳世阿弥的杰作《屋岛》。

能剧《屋岛》被称为胜修罗。胜修罗的故事以战场为舞台，讲述战败者将心遗留在战场而无法成佛，因而变成亡灵的故事。但在《屋岛》中，武将义经尽管身为胜利者，却也无法成佛而变为亡灵。《屋岛》讽刺现实世界的战争中，无论是战胜者还是战败者，都不能摆脱亡灵的命运，我认为非常适合安慰崇德院的灵魂。

石室终于成形后，开始挖掘通往石室的隧道。当人们从黑暗的石室被引导走向外界时，眼前显现的光景也是整个计划的重要

改建后的本殿，为了迎接神体而上演能剧《屋岛》

表现之一。古老的石室中，富有现代感的建筑素材——箱涵突然插入，开口部就像与濑户内海里众多的漂浮小岛相连，从黑暗的隧道中望出，只有水平线将大气和水面一分为二。参观者通过混凝土的时光隧道来到古代石室参访，之后再由同一隧道返回现代，在途中，眼前突然呈现这样的海——衔接历史之海，他们或许会想起，古代的人们也曾这样望着这片海吧。

[1]　栋礼：指建筑物建造或修缮时，刻在梁柱上的记录。

[2]　西行（1118—1190）：平安时代后期的诗人、僧侣，俗名佐藤义清。

[3]　盘座：神所在的地方。日本古代的自然崇拜信仰认为，神会将神体降临在巨岩之上。

[4]　祢宜：神社内的神职称谓。

[5]　天岩户神话：天岩户是日本神话中的一个地方，即岩石洞窟。传说太阳神天照大神被弟弟惹怒而躲进天岩户，于是世界陷入黑暗。众神于是在天岩户外以歌舞等引诱太阳神出来，让世界重获光明。

[6]　院：与"仙洞"一样，为"上皇"的尊称。日本天皇在生前退位，被尊称为"太上天皇"，简称"上皇"。另有"法皇"，为上皇出家后的尊称。（编辑注）

※ 家计划

1997 年，
在香川县直岛町展开的 "Benesse Art Site 直岛" 计划，
素以收藏当代艺术闻名。
取用直岛的历史和环境，经美术馆和当代艺术家共同创作，
试着让当地保存的古老民居再生。
"护王神社" 是此计划的第四个项目，
于 2002 年 10 月 13 日完成。
其他项目还包括 "角屋" "南寺" "金座"。
参与的艺术家，皆以不同的建筑物完成作品并发表。
只有 "护王神社"，与其说是一件艺术品，
不如说它更接近一个以维持原本神社功能为目的的改建计划。
就此而言，"护王神社" 和其他三件作品有着明显不同的个性。

家计划："护王神社"
建筑面积／本殿 4.52 平方米，拜殿 12.12 平方米
延床面积／石室约 9 平方米，隧道约 7 平方米
高度／本殿 5.57 米，拜殿 4.3 米，
　　　石室（天花板最高处）约 3.1 米，隧道 1.95 米
构造规模／本殿、拜殿：木造平屋（干叶、板葺）；
　　　石室：岩盘的一部分为石造；隧道：PC 造
设计／杉本博司
设计协力／木村优
岩石和玻璃加工、设置／吉本正人
施工管理／丰田郁美（鹿岛建设）、佐藤一隆（Naikai Archit）
大工／藤田勇（藤堂）
"家计划" 构想、策划／秋元雄史（直岛地中美术馆）
制作时间／2002 年
所在地／香川县香川郡直岛町本村地区

十一面千手千眼观世音菩萨
像高335厘米 ｜ 镰仓时代 ｜ 国宝 ｜ 三十三间堂

京都的今貌

Q：这尊佛像是在哪间寺院里？

A：这是供奉在京都妙法院三十三间堂中央的千手观音坐像，为镰仓时代湛庆法师所制。

Q：但是感觉和三十三间堂实际看到的佛像，差异相当大。

A：那是因为镰仓时代再建以后，又经过重新塑造，庄严之感已消失殆尽。

Q：这么说来，这里所拍摄的，可说是镰仓时代的佛像吧。

A：是的。这应该很接近后白河法皇、后鸟羽院所见到的佛像形态，也就是说，这是镰仓时代的照片。

京都的今貌

一解读历史，历史的因果便像无边无际的细网漫撒开来，最后仿佛被云消雾散后的幻觉所笼罩。

有时，一些在历史洪流中微不足道的事，却是特异的因果种子，等到了后世才萌芽繁茂的，通常是造成巨大影响的渺小事件。后白河天皇出生于平安时代末法之世，一生惶惶不安，终究让宫中的小意外演变成争斗的起点。历代天皇中，就属后白河天皇遭遇的时代变动最为剧烈。处于从古代国家转为中世纪国家的动荡之中，后白河天皇身陷时代旋涡，无法取得主导权。直到明治天皇和昭和天皇的时代，天皇制度才得以恢复。

雅仁亲王，鸟羽天皇的皇子，于久寿二年（1155）即位，成为后白河天皇。短短三年后的保元三年（1158），后白河就禅位成为上皇，并于嘉应元年（1169）出家成为法皇，直至建久三年（1192）六十五岁时驾崩。后白河天皇历经波澜万丈的人生，经

历了保元之乱、平治之乱、平家灭亡、镰仓幕府成立等事件。要
讲述后白河天皇的即位，就必须从保元之乱说起。保元之乱后，
后白河天皇整肃兄长崇德院，将崇德院流放至赞岐。八年后，崇
德院含恨而死，怨念变成了怨灵，纠缠后白河天皇一生，而他的
诅咒最终也在现实中实现。

　　崇德及后白河这两位天皇的母亲为藤原璋子，别号待贤门院，
以美貌闻名。璋子是权大纳言藤原公实之女，由后白河天皇的曾
祖父白河法皇收为养女抚养长大。白河法皇之子堀河天皇英年早
逝，之后，当堀河天皇之子即白河法皇之孙鸟羽天皇年满十六岁时，
白河法皇将璋子许配给他。但璋子既是白河法皇的养女，也是他
的情人，当时他六十六岁，璋子十八岁。璋子在成为鸟羽天皇之
妃后仍继续和白河法皇私通，次年生下显仁亲王，也就是后来的
崇德天皇。无论平安朝贵族间的性道德如何如《源氏物语》故事
般自由开放，鸟羽天皇也难以接受这个事实，但他不能忤逆祖父，
更何况白河法皇可是治理天下的国君。鸟羽天皇在知情的情况下
和璋子生下孩子，也就是雅仁亲王，日后的后白河天皇。对鸟羽
天皇而言，崇德天皇既是自己的继子，也是父亲的弟弟、自己的
叔叔，在这之中，世代出现逆转，时间也逆行了。此一乱伦在白

河法皇死后播下保元之乱的种子。详细记载保元之乱始末的《保元物语》，对败北而遭流放的崇德院如何在死后化作怨灵有生动的描述。崇德院遭到流放后，抄写五部大乘经，从《华严经》开始，到《大集经》《大品般若经》《法华经》《涅槃经》，以悼念战死者亡灵。他花费数年时间抄写，再将佛经呈送给后白河院，希望后白河院能供奉在京都仁和寺内。但后白河院认为这些佛经充满崇德院的怨恨和诅咒，因而拒绝，将佛经送还崇德院。每日以反省之心诚心抄写却遭到怀疑拒绝，愤恨难平的崇德院咬断舌头，以淌下的血在被送回的经卷上写下诅咒："抄写佛经，只为后世，无人珍惜。后世将为我敌。我愿为日本之大魔缘，扰乱天下。取民为皇，取皇为民。"（《日本古典文学大系·保元物语、平治物语》，岩波书店）随即将经卷沉落海底。之后，崇德院不再修整头发及指甲，逐渐化身为魔王。

保元之乱至今已过去八百余年，但不可思议的是，昔日的因果却于今日降临到我身上。之前文章提及，我受委托再建足利时代的护王神社，这是直岛"家计划"的作品之一。护王神社所在之山麓有条美丽的小河注入大海，标示崇德院御在所迹的石碑便面朝入海口而立。长宽二年（1164），崇德院在赞岐的鼓之冈去世，但他在移居鼓之冈之前是被流放到直岛的。数年前，我埋首于神社再建计划，从御在所迹往上走，来到山顶鸟居神社的正面，一棵弯曲、美丽的松树深深打动了我，然后犹豫是否应将这棵松树砍掉。当晚我不经意浏览"日本古典文学大系"中的《梁尘秘抄》，目光被一首短歌吸引，算是一首今日的流行歌曲：

> 赞岐松山上，一株斜松树
>
> 体态歪斜，心境不正多猜疑
>
> 直岛之松，挺直亦难也

　　这是一首难懂的短歌，书中如此注解："这首短歌讽刺身在直岛的上皇，因上皇居于直岛的前松山，短歌因而以松山之松为喻，将体态弯曲的松比喻为心境'猜忌不正'的上皇。上皇因徙居直岛，短歌因而从直岛之名中引申出'匡正'之意，却发现即便一株弯曲的松，也难以匡正，更何况是上皇未平息的恨意。这和《保元物语》的记述一致。"这里所写的松树，不就是我正犹豫是否要砍除的那棵吗？我认为这个巧合就是崇德院将他的意念传达给我，因此我保留了那棵松树，任其优雅地弯曲如故。我不禁想象着，崇德院将血涂于五部大乘经然后弃之于大海，弃经之地不正是眼前美丽的入海口吗？根据当地传说，这个入海口是绝不能游泳也不能捕鱼的，但没有任何人知道理由。更进一步推断，这个入海口位于京都的东北方，是丑寅的鬼门，若崇德院一心成魔，将诅咒沉入海底，那么，除了这个方位以外，没有更适合的地方了。为了祈求护王神社的再建顺利进行，我想到了与神社有因缘的崇德院，我造访了白峰山的灵庙，来到他灵前报告。

直岛和白峰山隔着濑户内海相望，崇德院的陵墓坐落在名为稚儿岳的高山之巅。附近的白峰寺则是四国八十八所之一，山上朝圣观光客络绎不绝，我厌恶的寺庙导览影片不停播放，而往白峰陵的告示牌则毫不起眼地立于寺院深处。随指示前往，进入一片宁静森林，忽然间，雄伟的皇陵出现在眼前。皇陵由宫内厅管理，并且立着西行到此参拜时写下的歌碑：

昔日君王卧玉床

死时一如百姓家

即便昔日卧于玉石之上，一样躲不过死亡。人生至此，只能成佛，但后世不一定会崇敬你的灵魂。后一句是我自己加的解释。西行比崇德院年长一岁，可说是同时代人。西行是个奇特之人，当京都因崇德院化为怨灵的流言而陷入惊恐时，他为了镇压怨灵，来到这里。在某种意义上，这是一次政治性的行动，但西行是出于自愿而非受人之托。再者，若镇压者是贵族或武士，那将会是一次危险的行动，因为造访政敌坟墓，具有非常浓厚的政治意味。而对西行而言，僧侣的身份在悲苦的中世纪反而可以自由来去。

> 欲舍俗世却不舍
>
> 身离皇都心难离

西行一面如此歌咏，一面积极走访各地，为了建大佛而到奥州平泉取砂金，并以此为借口，在前往镰仓的途中探访源赖朝。无论西行的行为是否具有政治性，他最不简单的地方就是，他没有野心。这在他自己的短歌中表露无遗：

> 舍世者非真能舍世者
>
> 未舍者才为真能舍己者

《雨月物语》插图《白峰》，描绘成为怨灵的崇德院和镇压他的西行
1935年 ｜ 三教书院

即使面对崇德院的怨灵，西行也如同和朋友说话般吟诵着短歌。他超越了阶级意识。根据《保元物语》，当西行走访灵前，吟诵短歌时，崇德院的陵墓震动了三次。左页的插图是江户时代上田秋成的短篇小说集《雨月物语》出版时印制的版画，其中也包含崇德院和西行的故事。上田秋成从和汉古典文学开始，收录了各种美丽的灵异故事，编纂成《雨月物语》这本美丽又惊人的书。由此也可看到，即使到了江户时代，崇德院怨灵的传说仍为人所传诵。

藤原定家编录的《小仓百人一首》中也有关于崇德院的短歌：

浅滩急流　石分二方
短暂分开　必将重逢
新院御制

这是描写一见钟情的短歌：我的心宛如急流之水，载满对你的思念，即使现在人各一方，你我注定还会再相逢。短歌节奏紧凑。所谓新院，是崇德被继父鸟羽院强迫退位而成为"院"时，因为已有本院鸟羽院，所以被称为新院。也就是说，崇德院是没有任何权力的上皇。想来，当时的崇德院实在不会有心思谱下恋爱短歌。

这首短歌，后人解释为崇德院化为怨灵的起点，若将之视为悲怨的短歌，意思就显而易见了。崇德院描述了天皇一家在时代激流下被一分为二的哀怨。但是我仍希望以最初的意义诠释这首短歌，这有其原因：崇德院以谱写恋爱短歌寄托他的政治野心，是绝妙的表现。话说京都人即使到了今日，也只会委婉地暗示，而不会直言真正的想法，而那些无法推敲出其真意的人，就被视为乡下人、没有教养的人、庶人。这种婉转的精神造就了京都文化。当平清盛成为太政大臣，女儿平德子也嫁给高仓天皇并产下安德天皇后，崇德院那不祥的预言便逐渐实现。之后，源赖朝的镰仓幕府成立，崇德院死后第五十七年发生倒幕的承久之乱，幕府打败了后鸟羽院，将其流放到隐岐，"取民为皇，取皇为民"的诅咒果真实现了。

至于另一方的当事者后白河院，又过着怎样的生活呢？后白河院是生存在激烈的政治斗争中的人，但其日常生活却充满了情趣，尤其是对风行于庶民之间、被称为今样的歌曲特别感兴趣。今样有些是童谣，有些是歌颂佛祖功德的传法歌谣，恐怕不是身居高位之人会注意的低俗趣味，但是后白河法皇却召集精通今样的游女或扮作女装的男性入宫，甚至在承安四年（1174）举办连续十五晚的今样比赛，然后选出自己喜欢的今样，编纂成《梁尘秘抄》。虽然后白河法皇后来因为名誉而罢手，但仍有一些作品，包括正统的敕撰和歌集《千载和歌集》，也是他令藤原定家的父亲藤原俊成完成的。根据《梁尘秘抄口传集》记载，后白河院在十多岁时便沉迷于今样、杂耍，几乎是"白天终日歌唱度，夜晚通宵到天明"般的热衷。虽然从留存至今的歌曲中已经无法了解当时乐曲的真正形式，但是后白河院为了唱今样而声音沙哑、喉咙肿胀的事情，都由《梁尘秘抄口传集》记录了下来。"歌谣美声一响，梁尘三日未息，因之名为梁尘秘抄。"歌声太过优美，将屋梁上的灰尘震起，连续三日都是如此，委实不可思议。这就是《梁尘秘抄》书名的由来。

> 吾为游乐而生
>
> 吾为嬉戏而生
>
> 若闻儿童游戏声
>
> 正可感动震吾身

古今中外的诗词曲调，都有洗练的文字和节奏，唯独今样，仿佛是从人们口中自然涌出，带着自由自在的放松感。这首歌，对于创作者如我，敲击着我的内心深处，不断发出声响。

前日未闻昨日未见的我的恋人

今日杳无音讯明日将如何

这首歌没有技巧，没有诀窍，只是直接传达恋爱令人伤心欲绝。当沉浸在失恋的悲伤中，必定会从嘴边哼起这样的歌吧。再介绍一首非常失礼的歌：

女如花绽放，时为十四五六岁

二十三四后，又到三十四五时

便如枯叶落下

这首歌虽然表现了人类闲言闲语的模样，但也可知当时女性平均寿命不到四十岁，所以今日的女性可别太在意。再看看传法歌：

佛虽在世间

鲜有现身时

偶现晨晓中

梦里忽见佛

琉璃净土月光洁

犹如法轮转末世

法照并无极限

万佛之愿

千手之誓

也令枯竭之草

突然开花结果

　　"琉璃净土"就是药师琉璃光如来佛的净土,"千手之誓"指的是千手观音的誓愿。虽然一般认为佛教是从镰仓时代念佛宗起才在民间盛行,但平安时代末期已有如此歌谣传遍市井,不识字的庶民以耳朵默记下来,继续传唱,既是件赏心乐事,也可增添功德、挽救心灵。

　　后白河上皇对千手观音的信仰非常特别。应保二年（1162）,他出游熊野,在熊野三山上阅读千卷《千手经》,当晚便感应到千手观音,据说直到破晓之前,不断唱着《千手之誓》的今样。清盛知道之后,捐出自己的财产,为后白河上皇建造了莲华王院

《平家纳经·提婆达多品·第十二章》封面
国宝 │ 严岛神社 │ 照片提供：京都国立博物馆

三十三间堂供奉一千零一尊千手观音像。长宽二年，崇德院死于流放地赞岐，然后奇妙地，莲华王院于同年落成，举行了开眼供养仪式，清盛也在这年奉纳《平家纳经》。清盛从久安二年（1146）就任安艺守后，开始仕途顺利，对严岛神社的信仰也越来越深，这一切都在《平家纳经》的清盛祈祷文中表现出来：

> 安艺的严岛大明神，古来皆知其灵地为蓬莱山，社殿为金殿玉楼，其灵验超乎言语所能言述。弟子清盛，钦仰神明，乐施众生，以求家内福缘长久，子孙飞黄腾达。今生之所愿已现，但求来世福报。

清盛为了回报严岛大明神的灵验，动员平家所有人，奉纳了史上最美的装饰经三十三卷。左页是《平家纳经·提婆达多品·第十二章》封面，描绘极乐净土，在楼阁前方的是释迦如来佛和两组三菩萨，海上有前来进献珍珠的龙女，空中则有莲座和飞舞的笛鼓。纸张使用了金银箔纸，纸带有细粉及纤维，唐草纹路上压有梅花图案。经文部分使用紫、丹红、青绿等色彩绚烂的装饰颜料，再画上带有金箔的框线，经文浓淡有致，从青色到银，再到青绿，颜色逐

086

《平家纳经·药王菩萨本事品·第二十三章》封面
国宝 ｜ 严岛神社 ｜ 照片提供：京都国立博物馆

层变化，真是一件让人神游的作品，远远超越工艺美术，不得不令人感叹近乎神品，纤细感贯穿了作品表里。当代的抽象绘画，可以到达这种境界吗？那深不见底的空间、炫目又内敛的色调，我只能说，这果真就是极乐净土，也是死后的世界。

左页是《平家纳经·药王菩萨本事品·第二十三章》封面，画面左上方是端坐云上的阿弥陀佛，他正要迎接拿着《法华经》的善女子。仿佛与画景融为一体的"苇手"[1]书法写着"此命终即安乐世界"，下方则有"如果这个世间存"。在前来迎接的阿弥陀佛旁边，"生"字乘坐在莲花台上，漫无目的地飘浮着。到底要怎样解读这幅画呢？我先是被这美不胜收的画面吸引，只能任由自己迷失其中。接着，一种无法言述的不可思议感向我袭来，"如果这个世间存"意指如果这个世界真的存在，那不就是因为世界不存在而假设这个世界存在的意思吗？然后，"生"字从空中缓缓飘过。

兄弟两人都身为天皇，一人祈求变为魔王，一人祈求往极生乐净土。但是，这些事情的前提是这个世界真的存在。"在生之前，如果这个世界真的存在的话"，是我们不可忘记的条件。

[1]　苇手：也称"芦手"，平安时代盛行的一种装饰字体，以文字模拟芦荟、水鸟、岩石等自然事物。

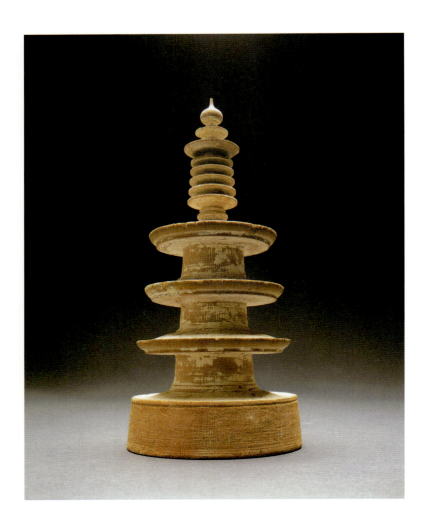

法隆寺世传百万塔

高约23厘米 ｜ 天平时期

塔的故事

Q：佛塔是为何而建呢？

A：无论是大的五重塔或是如此小塔，皆是为了放置舍利子而造的
　　容器。

Q：所谓的舍利子，是什么呢？

A：是释迦牟尼佛的遗骨。

Q：真的有这样的东西吗？

A：释迦牟尼生前即告诫世人，不要供奉有形之物，世界的本质
　　为"空"。

Q：就是色即是空呢。

A：舍利信仰是在释迦牟尼圆寂后，随着存在数百年的佛祖记忆淡
　　化而出现的。

Q：如此一来，反而违反了佛祖的教诲。

A：所以空即是色，即使是有形之物也本无实体。

塔的故事

　　自古有言，人不可貌相。但就我而言，"外貌"是相当重要的。我认为，眼睛是人类五官中最值得信赖的感觉器官，在表情传达上也是如此，常言"眼如口，可传言"，能够直视内在深处、判断信息的，就是眼睛本身。人类所有的情感中，可用言语表达的仅占了最表层的部分，其他无法言传的，就通过眼睛形成表情——眼神，然后传递。光辉的、温润的、阴沉的、黑暗的，在各样的眼神当中，人类活着的心持续沸腾。此外，除了随眼神变化，表情也会随着嘴角牵动而改变。洞烛入微的眼睛不错过任何细小的变化，因而能捕捉到人心。所以，当一个人违背真心，说出相悖于我的双眼判断之真实时，我会选择相信眼睛的说辞。

　　约莫十五年前，我收藏了一座法隆寺传下的百万塔（88页），当时的我完全沉醉于小塔的美丽姿态。不可思议的是，每隔一段时间，我将小塔从写有"天平百万塔"文字的铜箱中取出时，对塔的美都会有新的发现。三重小塔之顶为繁复而优美的线条，塔顶的线条指向空中，在进入天空之前将一股微小的力道残留下来。天平时期（724—748）的百万塔是纯白的，眼前的三重小塔穿越时空后，染上一种无法形容的、溶蚀的白。其实这样的美我理当熟悉，但每次和它再次相逢时我仍会感到惊艳。尤其是当我逐渐遗忘天平文化遗留下的优美形体，吸入现代的丑恶之物所散发出的毒气时，如同人类必须用睡眠获得明日的活力，我会看看天平文化的这些优美造型，以获取迈向未来的创造力。

药师寺的三重塔被认定为天平文化初期的文物。各层屋顶下带着裳阶[1]，乍看之下仿佛像是六重塔，因而被称为龙宫样式[2]，是难得一见的造型。第一次看到药师寺三重塔时，我还是一个高中生，和朋友两人展开了一趟寄宿青年旅舍的古日本之旅。当时药师寺的西塔和金堂都还未再建，西塔之处只有一块基石，基石中央略带凹陷，凹陷处的积水默默映照着东塔的形体。再次造访药师寺是在近三十岁的时候，那时的我刚睁开欣赏古美术之眼，每次一回到日本，便一一走访镰仓时代以前建造的古寺和神社。当时药师寺的金堂已重建，由于除了基石之外，并没有其他任何文献记录下天平时期金堂的真实样貌，重建只能依据推测完成。

站在金堂前，我望着那俗艳的红色建筑，瞠目结舌，我怀疑自己是否来到好莱坞 B 级电影的场景，并且建筑物的形状也不属于天平时期，很明显是昭和时代的形制。第三次造访时，西塔也重建好了，重建工作由当代颇负盛名的职人西冈常一主事，但是这回我仍不胜唏嘘，明明眼前就是东塔，一个天平文化的最佳建筑模板，为什么不能做出相同的样式呢？我百思不解。第一次造访时的静寂寺院空间已经消失殆尽，我多希望能把那块基石再放回原来的位置，尽管那水面映的是东塔的虚像，至少留着天平文化的姿态。我在心中呼喊着，并为现代的悲惨造型感到彻底绝望。

每个时代都有属于当时代的建筑样式。若以被喻为日本美术史纪念碑的东大寺大佛为例，便能概观各个时代的样式演化。天平十五年 (743) 圣武天皇下召修造大佛，到最后的佛像光背[3]完成时，已是宝龟二年 (771)，总共花费二十八年时间。东大寺大佛被赋予镇护国家之名，是倾一国之力完成的大事业。齐衡二年 (855) 发生了大地震，大佛头部被震落地，所幸佛身逃过一劫。贞观三年 (861) 佛头被铸回，重新供养。治承四年 (1180)，平重衡[4]烧毁南都，成为日本历史上的大事件，东大寺、兴福寺全都付诸一炬。对此，当时的关白九条兼实[5]在日记《玉叶》中如此记载："七大寺尽成灰烬，人世所依的佛法和王法，是否亦遭抹灭？此恐非文字所能描述，亦不是纸笔应记载之事。听闻此事，心中之神如遭屠灭……虽说此为时运所致，但当时哀戚，宛若丧父之痛，是更甚之。吾生逢此时，如背负宿业，来世。"不知为何，阅读这段文字，仿佛像听到了昭和天皇宣告终战诏书的玉音广播，心中有无限感慨。

美丽的天平时期佛像因祝融之灾毁坏，朝廷在翌年养和元年（1181）下诏重建东大寺。尽管朝廷为此任命了造寺官，但不像兴福寺因为是藤原氏家庙而能立刻重建，东大寺苦于经费短缺，只能依靠僧侣重源[6]游说诸国进行再建。但还有一个更严重的问题：奈良时代（710—794）的佛像多为金铜佛像，到了平安时代（794—1192），佛像转为以符合日本人喜好的木刻铸造，天平时期的铸造技术几乎失传。重源只好恳求刚好来到日本九州的宋朝铸像师傅陈和卿参与重建。终于在文治元年（1185），将佛像重新开眼供养，但由于经费不足，只在脸部镀上金箔。完成后还是存在一个问题：最重要的佛颜不再是天平样式，反而成为中国宋朝的样式。兼实在《玉叶》中向源雅赖[7]报告"仅能献上更拙劣的佛祖面容"，正是这个时期，技术开始劣化，样式开始衰颓。平重衡烧京三百八十七年之后，永禄十年（1567）又有一场浩劫发生，松永久秀[8]动兵而让各处佛堂再度付之一炬。"释迦佛像亦遭波及……生在此时，无尽感慨，如背负罪业不胜悲哀。"这是兴福寺的多闻院英俊[9]在《多闻院日记》中的记述。朝廷再度下诏重建大佛，但山田道安[10]竟以铜板修补佛面，其他各部分也仅是补铸。大佛的姿态与时代一同，变得越来越可悲。当时大佛暂放在临时的寺舍，庆长十五年（1610），寺舍被狂风吹倒，大佛竟成为露天佛像。江户时代中期的贞享元年（1684），终于由公庆上人[11]向幕府请示修补大佛，贞享三年（1686）开始铸造工程，经过六年时间，终于在元禄五年（1692）完成开眼供养的仪式。现在的佛头上写有元禄三年八月十五日的铭文，并记载铸师职人为广滨国重。

大佛殿的再建则更为困窘。从古代到中世纪，日本建造大寺、城池的风气大盛，巨大木材几乎被砍伐殆尽，建造十一间堂所需的巨木已经无法在国内找到。加上天平时期营建大佛对国家而言是一大事业，当时的宗教和政治密不可分，甚至可以说政治必须依赖像佛教这样的外来新兴宗教，不过，民间百姓皈依佛教的真心倒是毋庸置疑的。这样的事业无论花费多少经费，需要多少时间，都一定要将其完成。并且，佛的尊容必是充满慈悲的样貌，因它是超越凡间，为了普度众生从遥远佛界而来。

到了江户时代，整个国家不再皈依佛教，佛堂再建对幕府而言不再是宗教问题，而是体面与否的问题。当十一间堂的建案被缩小为九间时，听闻此事的德川纲吉[12]将军立刻捐白银一万两，下令恢复十一间堂的建案。不过，结果竟是比九间更少，仅建造了七间。无论如何，大佛和大佛殿历经各种曲折，终于成为我们眼前的模样。对我而言，现在的大佛尊荣，怎么看都仅是一个巨大的工艺品，无法激发宗教情感，也无法兴起感念之心。也许是因为，指示再建的执政者，或是实际铸造大佛的职人，已经不具有天平时期的宗教使命感。每次造访大佛殿时，我都在心中不断想象，天平时期的大佛究竟是何等庄严之姿呢？现在大佛殿中唯一保存的天平时期文物，是台座上的莲花雕刻，那明显是天平时期特有的线条，刻画了美丽的释迦如来和二十二尊菩萨，以及佛的化身乘祥云飞向虚空。

平安时代著名绘卷《信贵山缘起绘卷》，画中描绘住在信浓的出家女性在寻找弟弟的途中，于东大寺大佛殿彻夜祈祷，大佛便显灵告知其弟弟在信贵山[13]。这里所描绘的大佛姿态，从圆形光背里的佛化身数量看来，无疑是天平初期的大佛，也是现在唯

《信贵山缘起绘卷·尼公卷》东大寺大佛殿参拜（局部）
平安时代 ｜ 国宝 ｜ 朝护孙子寺 ｜ 照片提供：朝护孙子寺

一能够了解当时大佛姿态的珍贵资料。《信贵山缘起绘卷》中的大佛和大佛殿，只剩下莲花雕刻和青绿色的灯笼还真实存在于我们眼前。从《信贵山缘起绘卷》中，我们看到了大佛容貌如此庄严，大佛殿是如此简朴大气。值得注意的是，这幅《信贵山缘起绘卷》属于藤原时代（约十至十一世纪）的佛画形式，大佛的表情有着平安时代末期贵族喜好的优雅温和线条，这是中国画所没有的日本古画精髓。但是，当我们探究天平文化的佛像造型时，必须先跳脱藤原时代的佛画特色来做思考。因为奈良时代的佛像，远比画中之物更带有年轻宗教所蕴含的原始强烈力量。

战火弥漫的昭和十二年（1937）九月三十日傍晚，兴福寺东金堂在进行佛像解体整理作业时，在佛像台座中发现了一个面向大堂正面的铜造佛头，装在木箱之中，台座的夹板上还发现以墨笔书写的文字。这个头像被判定是应永十八年（1411）火灾时救出的旧佛像的头部，虽然无法得知头像为何在此，但是可以确定头像原属的佛像，是文治二年（1186）兴福寺的僧侣从飞鸟的山田寺处夺取而来的，历经平重衡的火烧南都后，佛像被安置在再建的兴福寺东金堂。佛像上的铸造记录是天武七年（678），比东大寺大佛的兴建还早六十五年；尺寸虽然比大佛小得多，但也有

旧东金堂本尊佛头

铜铸 ｜ 白凤文化时期 ｜ 国宝 ｜ 兴福寺 ｜ 照片提供：飞鸟园

相当的大小，是个丈六佛[14]。重要的是，佛像容颜年轻而威严，眼神仿佛直视远方，完美展现宗教雕刻应有的尊严感。这个头像杰作来自比天平时期更早的白凤文化时期（645—710），每当大佛的姿态在我脑间浮现时，我便把白凤文化时期的这尊佛像，和藤原时代《信贵山缘起绘卷》里的大佛之影像重叠，加以想象。

另一个有助我冥想的佛像，就是东大寺的弥勒佛坐像。我第一次看到这尊佛像，是在日本文化厅主办、纽约的日本文化协会协办的"日本佛教美术名宝展"。虽然之前已经看过图片，但实际见到佛像时我仍大吃一惊。在我个人的想象中，原先以为这是一座巨大的佛像，但实际上却是一尊仅三十九厘米的小像。根据寺庙的记载，这尊佛像是东大寺建寺以来首任执事良弁僧正的个人礼拜佛，也被称为"试做的大佛"。良弁是为东大寺大佛建造着力最深的僧侣，和圣武天皇、僧人行基一同被视为建造现场的最高负责人，在今日看来，他所做的工作相当于一位建筑师。要说良弁制作出了大佛的模型也并非不可能，但是根据美术史学会的说法，这尊弥勒佛坐像是平安时代初期九世纪初的作品，那锐利雕琢的刀法被称为翻波样式[15]。弥勒佛像也被称为弘仁佛或贞观佛。我在这尊佛像中看到其他小佛像不曾表现出的宏大气宇，因

弥勒佛坐像（试做的大佛）
木造 | 平安时代 | 重要文化遗产 | 东大寺
摄影：入江泰吉 | 照片提供：奈良市摄影美术馆

此我宁愿相信寺庙的记载。大佛的开眼仪式在天平胜宝四年（752）举行，其实和美术史学会说的九世纪初相差不到五十年，至今也已过了一千两百多年，我认为其中五十年的误差并不足以断定寺庙的记载为误。然后，我将白凤文化时期的佛头和这个被称为弘仁或贞观的弥勒佛，一起与藤原时代《信贵山缘起绘卷》中的大佛姿态重叠，佛的立体之像遂逐渐浮现在我眼前。

　　回到关于天平百万塔由来的话题。孝谦女帝，也就是圣武天皇和光明皇后之女，是完成了东大寺大佛伟业的圣武天皇的继位者。孝谦女帝于天平胜宝元年（749）即位，大佛开眼则是在天平胜宝四年，所以孝谦是大佛正式开眼时的天皇。四年后圣武天皇驾崩，孝谦天皇和母亲光明皇太后重用藤原仲麻吕，命其为太政大臣。人类只要拥有过多的权力就会被野心吞没，藤原仲麻吕说服了孝谦天皇不传位给圣武天皇立的皇太子道祖王，改传位给自己视同养子的大炊王（淳仁天皇），继位后的淳仁天皇赐予仲麻吕"惠美押胜"[16]的美名。但在六年后，已退位的孝谦天皇与东大寺司吉备真备一同讨伐仲麻吕，淳仁天皇被废并流放至淡路岛，这是被称为"惠美押胜之乱"的一连串事件。孝谦上皇后来再次复位，名号称德，改重用僧人道镜。民间流传仲麻吕是孝谦天皇的爱人，拥有巨大阴茎的道镜出现后，孝谦天皇便把她的男人换了。传闻尽管有趣，也带出当时女性天皇难以成婚的宿命。女性能成为天皇是因为皇室中无皇子，因此，若要成婚也只能与皇家血统以外的男性，但是这号人物的存在对天皇的影响力太大，往往成为灾难的根源。即使是现在，女性独自一人生活也非易事，更何况是背负治国大任的天皇，居此高位的女性会有此种不寻常的探索或猜疑实属人之常情。不过这个话题就在此打住。

复位后的称德女帝为了供奉惠美押胜之乱的亡灵，花了约六年时间制作百万件木作三层小塔，塔芯放入以木版印制的《陀罗尼经》，这是比古登堡的发明更早出现，可说是世界最古老的印刷品。百万件是个难以想象的数字，毕国家之力才完成的百万塔，由当时的十大寺分别收纳十万件，然而如今只剩下法隆寺留存的四万件，其他九十六万件都已淹没在历史的旋涡中。

由这场动乱主角之一吉备真备所绘制的平安时代名作《吉备大臣入唐绘卷》，现为波士顿美术馆收藏。此绘卷描绘了非贵族出身的吉备真备，一路晋升至右大臣的故事。真备在中国遭刁恶的唐朝官吏逼问各种有关中国古典文学《文选》的艰深问题，适逢曾以遣唐使身份前往中国，最后死于异乡的阿倍仲麻吕亡灵出现，帮助他解答了难题。此故事是对当时中国人提问的嘲讽，意在平反日本人心中的复杂心结。真备因此声名大噪，并两度以遣唐使身份前往中国，当时的模样被画成绘卷而流传，这对喜好空想的我而言，真是不可多得的宝物。

淳仁天皇也是位不幸的天皇。"惠美押胜之乱"后一个月被迫退位，流放淡路岛，并在逃亡之际被镇守士兵刺死，享年仅三十二岁。在藤原仲麻吕的权力阴影下长大的淳仁天皇，注定是位软弱的天皇吧。《万叶集》的最后，记载了一首淳仁天皇写的诗歌：

日月无限照天地

无须思考何为有

这首诗歌是天平宝字元年（757），淳仁天皇还是皇太子时所写的。颂扬天皇制度的必要性，同时也指涉了背后的某种操控势力，无疑是首优等生之作。这位天皇在明治时代初年以前是没有名号的，只被称为"淡路的废帝"。直到明治时代，新政府将天皇制度视为整备国家的必要神道，若天皇史中有位废帝确实不妙，因此追封为淳仁天皇。明治六年（1873）十二月二十四日，新政府派遣使节前往淡路岛的淳仁天皇陵墓，将御灵迁奉至京都御院附近，今出川通的白峰神宫。我之所以熟知此事，是因为另一位同样死于苦难的崇德院也被供奉在白峰神宫当中。庆应四年（1868）的八月二十六日，明治天皇即位的前一天，派遣使节前往赞岐白峰陵崇德院灵前，对保元之乱中崇德天皇遭受的苦难进行请罪仪式；九月六日，崇德院御灵被请到京都新建的白峰神宫；九月八日，年号从庆应进入了明治。若不如此安抚终其一生渴望返回京都的崇德院，明治时代的新天皇制度便无法开始。这两位不幸天皇的御灵，终于双双重返京都。时至今日，白峰神宫因为社地原是蹴鞠世家飞鸟井的府邸遗迹，成为足球选手参拜的神社，参拜游客络绎不绝。

我完全没有要串起两位天皇之间的关联，最后却有此发现。这是偶然吗？两位天皇的御灵最终走进相同的场所。我经常怀疑，所谓的偶然，不就是人类之恶所造成的必然的阴谋吗？我想将自己喻为一只蚕，受困在以偶然之名的丝线织成的狭小蚕茧中，但有朝一日，我将自由飞翔，那羽化之日，也就是我飞离这个世界的日子。

[1] 裳阶：日本的佛堂、塔、天守阁等宗教建筑中，为增加建筑的层次，而在原有屋檐下加盖的屋檐。

[2] 龙宫样式：药师寺的金堂为二重二阁、五间四面，每层建有裳阶，这种建筑形式被称为龙宫样式。

[3] 光背：又称背光，指佛像背后的光圈式装饰。

[4] 平重衡（1157—1185）：平安时代末期武将。

[5] 九条兼实（1149—1207）：平安时代末期到镰仓时代初期的政治人物，曾任摄政大臣、关白、太政大臣等职。其日记《玉叶》，是后人了解当时政治情况与政治结构的重要资料。

[6] 重源（1121—1206）：俗名重定，平安时代末期至镰仓时代的著名僧侣。

[7] 源雅赖（1127—1190）：平安时代后期官员，亦是九条兼实和源赖朝之间的传话人。

[8] 松永久秀（1510—1577）：室町时代末期的武将。

[9] 多闻院英俊（1518—1596）：僧侣，十一岁于兴福寺出家，撰有《多闻院日记》。

[10] 山田道安（？—1573）：室町时代末期的武将、画家，以水墨画及雕刻知名，曾负责修复东大寺大佛。

[11] 公庆上人（1648—1705）：江户时代前期三论宗僧侣之一，是促成再建东大寺大佛殿的核心人物。

[12] 德川纲吉（1646—1709）：德川家康之曾孙，江户幕府第五代将军。

[13] 信贵山：位于大阪和奈良交界的生驹山地南部。

[14] 丈六佛：与佛身等高之雕像或画像。

[15] 翻波样式：平安时代前期木雕佛像的一种表现形式，因佛像上的袈裟折痕如翻滚的大小波浪而得名。

[16] 惠美押胜：意为拥有慈悲之美，可以止乱。

亨利八世 ｜ 1999年 ｜ 出自"肖像系列"

无情国王的一生

Q：这是英国国王亨利八世的肖像照吧。

A：是的。

Q：是让演员穿着戏服拍摄的吗？

A：不是，是蜡像穿着服装。

Q：看起来与真人一模一样呢。

A：那是因为你被自己的眼睛蒙骗了。

Q：日文称照片为写真，不就是写下真实的意思吗？

A：说照片不会说谎，就是一个谎言。

无情国王的一生

　　我出生在昭和二十三年 (1948)，美军占领之下的东京。出生地是下町御徒町，在懵懂的儿时记忆里，御徒町是一块处处可见战败痕迹之地，东京大空袭后遍地焦土，但仍有少数角落幸免于难，我的家即是其中一角，因此残留着关东大地震后昭和初期的气氛。当《旧金山和约》生效、日本成为独立国家时，我上了幼儿园，学校位于从上野往浅草方向的路上，一所同样幸免于轰炸的"尖塔幼儿园"，我直到长大成人才知道学校的正式名字，原来是"日本基督教会下谷教会共爱幼儿园"。我清楚记得，当时的房子都是两层楼高的平房，只有幼儿园的屋顶像要把天空刺穿一般，是锐利的尖塔。我们一家虽然并非基督教徒，却想尽办法把我送入立教中学。立教中学属于基督教圣公会教派，一个礼拜有好几个早晨我要到教堂做礼拜。我是唱诗班的一员，当我站在礼拜堂内高处唱着圣歌时，便会陷入自我陶醉，竹田牧师的讲道内容几乎全都是左耳进右耳出。后来升上高中，从西洋史老师处听到各种骇人听闻的历史真相，他是位坚持无神论的共产党员。圣公会又被称为英国国教会，起源可以追溯到十六世纪英国的宗教改革。当时路德派的宗教改革波澜从欧洲大陆北部蔓延到英国，恰逢英国国王亨利八世正陷入一场轰轰烈烈的爱情，甚至为了成就爱情面对棘手的离婚问题。天主教禁止离婚，为了得到罗马教宗的离婚许可，亨利八世用尽各种手段，最终决定脱离罗马教会成立英国国教会，自任为教会的最高领袖。历史上红颜祸水的故事发生得不少，这桩居然影响了宗教的兴衰，更没想到，我所接受的教育，竟属于英国基督教混乱历史的一部分。

基督教说"神爱世人"。"爱"这个字，是基督教的基本教义之一，我猜想明治时代初期负责翻译之人在将"LOVE"译为"爱"的过程中，曾为此非常伤神。日本语中"爱"字的起源比想象中更久远。《万叶集》中写道："爱无超越亲子。"《今昔物语集》则写着："见姿色端正，兴起爱之心，欲迎之为妻。"这里所说的"爱之心"，在佛教用语中指的是"爱欲"，带有负面含意，佛教认为爱欲和爱慕都属十二因缘，是迷惘的根源。所以，如果我是明治时代初期负责翻译的人，应该会避免使用"爱"这个字吧。那

阿拉贡的凯瑟琳 ｜ 1999年 ｜ 出自"肖像系列"

"LOVE"究竟该如何翻译呢？我认为是"慈悲"。如果把基督的爱解释成佛祖的慈悲，佛教徒势必会更容易接受这个新的宗教吧。但是翻译为"神慈悲世人"的话也会遭到反对，因为感觉太接近佛教，无法为基督教所用。在基督教信仰中，肉欲是最禁忌的人性枷锁，肉欲连接原罪。亚当和夏娃从"知善恶树"上偷摘苹果，"他们二人的眼睛就明亮了，才知道自己是赤身露体，便拿无花果树的叶子，为自己编做裙子"（《创世记》第三章第七节）。在伊甸园，人类不知善恶，亦不知羞怯，这暗示人心处于未开化的状态。当两人的眼睛变得明亮，知道了善恶、肉欲，便成为人类。其实我认为这并不是坏事，日本文化中没有此类原罪意识，对于性的态度更为宽容，从日本神话中性道德的混乱便可得知。日语中，会用"情交"这个词表达爱，情交即男女之间的情感交集，情侣之间有时甚至为此赌上性命，以求结合。这就是近松门左卫门[1]的"心中物"[2]世界。"本世已诀现别去，此身临逝今作喻，雪霜飞漫荒坟路，消散徐慢浅足印。"（《曾根崎心中》）

　　这是此生无缘结合的男女，立誓来世再续前缘的美丽故事。"LOVE"，果然还是译为"爱"更为适合。亨利八世的第一次婚礼，1509年6月在格林尼治宫举行，当时凯瑟琳二十三岁，身着白色礼服，一头秀发垂而未系，一副纯真新娘模样。婚后亨利国王毫不避讳对身旁侍从谈及新婚之夜，喜形于色地宣告妻子还是处女。在十六世纪，新娘是处女应是理所当然，但是对凯瑟琳而言，这已是她的第二次婚姻。凯瑟琳的正式名字为阿拉贡的凯瑟琳，她并非一般的王后，她的父亲是阿拉贡的国王，母亲是卡斯蒂利亚国的女王。西班牙因与两大强国的联姻，国力扶摇直上，而能在收复失地运动[3]中成功把伊斯兰教势力驱逐出伊比利亚半岛。

1492 年 1 月，伊斯兰教的阿尔罕布拉宫沦陷，收复国土战争赢得最终的胜利。当时世界的情势，西班牙是远胜于英国的强国。对欧洲各皇室而言，政治婚姻是牵动国家命运的大事。亨利八世的父亲亨利七世，以最完备的礼节为长子亚瑟王子迎娶王妃凯瑟琳，阿拉贡国王则献上了巨额的嫁妆。但是这段婚姻在五个月后，因亚瑟王子病逝而结束，亚瑟王子当时十五岁半，成为寡妇的凯瑟琳当时只有十六岁。传闻中，亚瑟王子是因染上当时的传染病而骤死。即使未患病，亚瑟王子本来就发育不良，属于虚弱体质，性能力不足也众所皆知。相较之下，弟弟亨利则是一米八八的结实体格，擅长骑马、狩猎、射箭、摔跤，可说运动全能，面貌又如画中的俊美王子。在当时欧洲皇室中，俊美的王子可说非常罕见。亚瑟王子的死让亨利七世穷途末路，不但要退回只拿到一半的嫁妆，也即将支付成为未亡人的凯瑟琳抚养金。经过数年的混乱局势，亨利七世在 1503 年决定让亚瑟年仅十二岁的弟弟亨利八世与凯瑟琳订婚。在此原委之下，皇室因而发表关于新娘的处女宣言，但此宣言却替亨利国王招来日后的厄运。之后的二十年，亨利和凯瑟琳是对琴瑟和鸣的夫妇，造访英格兰宫廷的知名人文主义者伊拉斯谟甚至赞赏两人为天下夫妇的楷模。只是两人一直没有子嗣，凯瑟琳经历数次流产、死产，终于产下的王子也在出生五十天后死去。凯瑟琳腹中的小孩只有 1516 年出生的玛丽平安长大，她就是日后的鸡尾酒"血腥玛丽"中的玛丽，一位以残忍手段复辟天主教的女王。

　　1526 年的春天，亨利国王第一次见到凯瑟琳的女侍官——拥有黑色双瞳的美少女安妮·博林。根据当时的文献，安妮年轻美丽，行走时有如蝴蝶飞舞般轻盈，歌舞俱佳，姿态十分诱人。安妮甚至能说一口流利动人的法文。但是亨利国王并非对她一见钟情，当时亨利身边已有美艳动人的情妇贝茜·布朗特，布朗特还为他生下一位王子。当时的欧洲皇室没有娶妾的制度，生下王子的布朗特被迫嫁给其他地位相当的男性，小孩也不被认定具有继承皇位的资格。有前车之鉴的安妮·博林聪明地操纵恋情，燃起亨利的爱意后，始终坚守着最后一道防线，因为如果怀孕了，便只能重蹈贝茜·布朗特的覆辙。安妮·博林的目的是让亨利国王正式离婚，娶她为后，然后生下继承王位的王子。

无论在哪个时代，被玩弄的男人总是显得弱势。原本非常讨厌写信的亨利，为了安妮·博林开始殷勤地写信，其中的十七封情书被留存至今。安妮借着各式各样的理由留守宫中，亨利忍不住思念而写道："自从爱神之箭刺向我，至今已过了一年，我只能贪婪地读着你的信，但徒增痛苦，我无法理解你信上的话语，请告诉我你的真心。"另一封则写着："和你分开是如此痛苦，你是故意这么做的吗？如果一切如你所盼，我只能怨恨自己的不幸，因为唯有如此才能减缓我对你的痴狂。"还有一封写着："如果你可以把你的身、心都献给我，我发誓从今以后只做你忠实的仆人，舍弃其他所有女人。过去、现在、未来都属于你的男人上。"从信件的字里行间可看出亨利国王对恋情的焦躁之心。若换个角度来看，也会发现安妮这二十几岁的小姑娘如何精明地将亨利国王玩弄于股掌之间。

亨利是一个热心神学研究的人。与凯瑟琳离婚的借口，便是

引用某日他在《圣经·旧约》中找到的字句,《利未记》如此写着:
"人若娶弟兄之妻,这本是污秽的事……二人必无子女。"亨利王
把无子嗣一事归咎于与兄嫂凯瑟琳的婚姻,说自己受到了神的处
罚,必须改正错误。 于是,亨利国王推翻二十年前的宣言,指出
凯瑟琳并不是处女。按当时的教廷惯例,若能断定妻子不是处女,
那婚姻便是无效。教皇因此派遣坎贝吉奥枢机主教召开教廷裁判,
询问两人。凯瑟琳王后对亨利的指控强硬否定,她在所有人面前
宣言:"我当时确实是一位少女,亚瑟王子从来没有碰过我,这是
真是假,你的良心应该清楚。"亨利国王并未回答。别忘了,凯
瑟琳是天主教强国西班牙的皇族,她家族的血统仍在欧洲各地的
皇室中延续着,凯瑟琳的外甥查理五世,即是版图跨越德国等国
家的神圣罗马帝国皇帝。1527 年,帝国军队占领罗马,教宗克雷
芒七世被囚禁,教廷不得不站在凯瑟琳这边。受到逼迫的亨利国
王,态度开始出现极大改变,他认为教皇虽是神的代理人,但皇
权亦然,既然如此,为什么离婚一定要获得罗马教宗的许可? 加
上当时的罗马教会腐败,贩卖免罪券让世人用钱救赎自己的罪恶,
反对罗马教会的势力正兴起,亨利八世所爱的安妮正是反对教廷
的新教徒。这时,亨利国王的大臣托马斯·克伦威尔建言:"成立

安妮·博林 ｜ 1999 年 ｜ 出自 "肖像系列"

以国王作为教长的英国教会，并没收罗马教会的修道院。此做法也有利于不甚稳定的国家财政。"有了如此原委加上国王的私心，亨利便宣布英国国会脱离罗马教会，成立英国国教会，推行《至尊法案》，宣布自己是教会的最高领袖。

1533 年 4 月，亨利王宣布了和安妮·博林的婚姻，当时安妮已怀孕四个月。王后的加冕仪式也在 6 月的良辰吉日举行。但出生的婴孩却让众人大失所望，是个女孩。她就是后来带领英国成为世界强国的伊丽莎白一世。安妮·博林在渡过重重难关后结婚，看似即将展开幸福的新婚生活，但终究是事与愿违。几乎循着完全相同的模式，亨利国王当初见到凯瑟琳王后的女侍官安妮·博林，如今再次遇见安妮王后的年轻女侍官珍·西摩。噩耗接连不断，在众人切盼皇子诞生之际，安妮流产了，然后第三次怀孕也是流产，而且流掉的都是男孩。亨利为此深感不悦，据说他经常感叹"难道是神不赐给我男儿吗"，亨利王转而对珍·西摩抱持期待。珍·西摩谨慎内敛的性格和安妮正好相反，亨利国王开始怀疑自己是被安妮设下魔法诱惑，安妮作为王后的命运就此结束。大臣克伦威尔察觉国王的心意后便策划了一个事件：名为马克·斯米顿的国王乐师遭到逮捕拷问，此乐师年轻俊美且对安妮怀有爱慕之情。

两日后，王后突然在格林尼治宫被逮捕，罪状包括通奸、近亲相奸，以及企图暗杀国王等叛国罪。安妮被捕后立刻被幽禁在伦敦塔，从那天起即陷入精神错乱状态，当以为她在哭喊时，她又会在瞬间如断了弦般狂笑，然后又静默垂泪，如此不断反复。

经过形式化的审判，在与亨利国王的婚姻被宣告无效后的第十七日，安妮被公开处刑。由四名年轻女侍官陪同，安妮出现在断头台前，身着白色鼬鼠皮外套及深红色的衬裙，披上真皮镶边的暗灰色缎面柔软长袍。她的神情仿佛已从痛苦中解脱，看起来沉静而安详。安妮在死前获准向民众说话，那是一段简洁而动人的话语："众人，我虚心接受法律制裁，我对于自己犯下的罪过，从未想责怪任何人。神完全明白我的心意，我把自己交由神来裁判，我的灵魂将充满神的慈悲。"然后，安妮呼喊耶稣基督："请成为我的君主，救救我的国王主人，让神圣、高贵的您永远统治我们。"据说安妮在说话时，脸上同时浮现出微笑。最后，安妮跪下，女侍官们取下她的头饰，用头巾包裹她的黑发，只露出纤细的脖子，其中一名女侍官将她的眼睛蒙起，安妮此时低声细语"我的灵魂献给耶稣基督"。语毕瞬间，行刑者挥刀而下。

执行死刑时，安妮只当了三年半的王后，与距离亨利首任妻子凯瑟琳在离婚的悲恸下罹病去世的日子仅隔四个月。据说，彼得伯勒大教堂里凯瑟琳墓旁的蜡烛，在安妮行刑的前一天早晨自然地亮了。行刑当日，国内还出现了被喻为魔女化身的野兔。

这个故事还未落幕，之后还有四任王后陆续登场。阴谋、嫉妒、算计交错展开的详细情节，未来若有机会再说明，在此仅简略记述另外四任王后。

在安妮·博林被处决后的第十一天，珍·西摩成为王后，据说温顺的她是亨利王最挚爱的妻子，并且产下了亨利最期待的王子——爱德华王子。但是王子诞生的喜悦随即被王后之死的悲痛给冲散，珍·西摩在产下王子的十二天后，仅当了一年半王后就因产褥热病逝，享年二十四岁。亨利国王悲恸万分，甚至希望用自己的生命换回挚爱的妻子。王后的突然去世，让大臣克伦威尔知道自己又该行动了。在国与国之间的政治联姻极为普遍的时代，亨利国王的两次婚姻都是自由恋爱的结果，从这一层面看，他算是作风先进之人。罗马教皇对于推翻自己权威的英国国王，长期持报复对立的态度，克伦威尔因此建议亨利王选择一桩对教皇不利的婚姻，选出了克里维斯公国的安妮公主。在没有相亲照片的时代，亨利国王派遣王室肖像画家荷尔拜因去绘制安妮的肖像画。

亨利八世的六任王后像，装裱于罗曼诺夫王朝皇室珠宝师法贝热的复制品相框内。左起为
阿拉贡的凯瑟琳、安妮·博林、珍·西摩、克里维斯的安妮、凯瑟琳·霍华德、凯瑟琳·帕尔

1999年 ┃ 出自"肖像系列"

问题是荷尔拜因的绘画技巧太好了，把安妮画得比实际上更为漂亮，亨利国王心动了，他爱上了画中之人。当婚礼就绪、安妮公主抵达英国时，亨利国王大失所望，但一切为时已晚。亨利国王称她是法兰德斯的梦魇，赐予"国王妹妹"的身份，安妮公主从王后之位全身而退。

第五任凯瑟琳·霍华德，是比亨利国王小三十岁的天真少女，妙的是她是安妮·博林的表妹，和安妮·博林一样受到亨利的溺爱。但是凯瑟琳·霍华德的贞操观很薄弱，她被揭露和王室武官托马斯·卡尔佩珀幽会，并且在婚前曾和一位名为弗兰西斯·迪勒姆的男人有往来。因为并非处女，这桩婚姻被宣告无效，凯瑟琳·霍华德最后走入与安妮·博林相同的命运，被卷入的两个男人也一同被处死。最不幸的应属迪勒姆，他应该没料想到自己怀中的少女未来会与国王成婚。

凯瑟琳·霍华德被处刑时，亨利国王已经接近五十岁了。无论年轻时是多么俊美的王子，现在的亨利国王只是一个肥胖的巨汉，健康状态也不佳，没有人愿意成为他的第六任妻子。另一方面，当时的贵族没有人有自信保证自己适婚年龄的女儿还是处女，就算是处女，也会想借口推辞。结果，亨利国王选择了不需要烦恼处女问题的拉提默公爵遗孀——凯瑟琳·帕尔，但是她当时已有爱人托马斯·西摩。凯瑟琳·帕尔在爱和义务的抉择间烦恼，最后，她只能选择义务。对当时的国王来说，最需要的莫过于一位护士角色般的妻子，凯瑟琳·帕尔在亨利国王逝世前的三年半期间形影不离地看护着他。亨利逝世后，凯瑟琳·帕尔终于实现心愿，嫁给了托马斯·西摩。这是她的第四次婚姻，没想到已经三十五岁的她竟然意外怀孕，在和深爱的男子结婚五个月后生下了一个女儿，六天之后因产褥热结束了一生。童话故事中，公主克服种种困难和心爱的王子结为连理，之后的结局总是"从此两人过着幸福快乐的日子"。但是在现实中，幸福的王后却一任也不存在。如果骑着白马的王子真的出现在您的面前，虽然这不是坏事，只希望您能再次想起，这段亨利国王与六任王后的故事。

[1]　近松门左卫门（1653—1724）：原名杉森信盛，日本江户时代净琉璃与歌舞伎剧作家。代表作有《曾根崎情死》（又名《曾根崎心中》）等。

[2]　心中物：以殉情为主题的故事。近松门左卫门的《曾根崎心中》，就是有名的心中物作品。

[3]　收复失地运动：718 年至 1492 年间，西班牙人反对阿拉伯人占领，重新收复伊比利亚半岛的运动。西班牙语和葡萄牙语为"Reconquista"，即为"重新征服"之意。

U. A. 剧院，纽约 │ 1978年 │ 出自"剧院系列"

虚之像

Q：听说屏幕上的白光，是花了一整出电影的时间拍下的结果。

那电影呢？

A：电影就放映着，相机则看着电影。

Q：相机看了整出电影，却什么也没拍下？

A：并不是没拍下，而是拍太过了。

Q：因为拍太过，所以全变成光了吗？

A：与其说电影在屏幕上放映，不如说电影被投映在屏幕上，

然后再往"空虚"移动而去。

Q：这样问似乎有点离题，但是，相机和人类的眼睛，

在看的方法上有什么不同呢？

A：不同的地方是，相机虽会记录，但没有记忆。

虚之像

　　小学低年级的时候，我第一次去了电影院。当时，牵着母亲的手，在数寄屋桥下还有河水潺流，它还是座真正的桥时，我在桥附近的电影院看了《野玫瑰》。为何去看这部电影，起因已不复记忆，但空间所散发出的不可思议气氛却烙印在我的幼小心灵中。与自己的起居空间相比无法想象的宽广空间，没有任何一扇窗户的密闭房间。幽暗的灯光"啪"的一声，照在丝绒布幕上。

　　突然间开演的铃声响起，房间在瞬间完全暗下，屏幕发出了刺眼的明亮影像，我屏住呼吸、忍住晕眩感，睁大眼睛看着。影片不断播放，我掉入了剧中的世界。那是一个有关维也纳少年合唱团的故事，在天使般的歌声中，我不知不觉成为合唱团里的一员，忘却了踏进电影院时那不协调的奇异感觉，我的心完全沉浸在电影之中。

　　剧情我完全不记得了，只依稀记得故事在正要进入高潮时转向一个非常悲伤的结局。我因为投入感情，眼角也湿热起来。下一瞬间，发生了令人吃惊的事情，电影院那昏暗的照明"啪"的一声又回来了，女播音员广播着："非常感谢各位今日的光临……"我开始慌张起来，该是身在维也纳某处的我，被拉回到东京电影院的座椅上。突然回神后，感受到母亲和其他人带来的沉重压力，"男孩子不许哭"，我因为社会意识而清醒，急忙表现出一个正常男孩子该有的模样。出了电影院后母亲问我的感想，我摆出不悦的神情沉默不语。对于在电影院中浑然忘我，甚至流下眼泪一事，只感到羞愧不已。

看电影和做梦这两件事有个相似之处，就是都会在观看中丧失自己，我们的意识被卷入其中，甚至因此汗流浃背。那是一种身临其境的感觉，以及，有种屏幕上憧憬之人直接对你搭话的临场感。唯有关在这黑暗箱子里的时光，我们才能忘却对日常生活的倦怠，全心遨游于一个全然陌生的世界。

大梦初醒的感觉；对日常周遭的事物产生了独特感触，却发现它与平日并无二致的惊讶感；自幻境般的电影院走出，一步步走进混杂人群时的感触；或是电动游戏玩到兴头遭到出局返回原点时的感受……

128

坎顿皇宫剧院，俄亥俄州 ｜ 1980年 ｜ 出自"剧院系列"

　　这类自日常性脱离的感觉和宗教的体验类似。萨满教的原始社会中，音乐、舞蹈、麻醉性植物等巫术仪式，能让属于一个共同体的人群集体进入催眠状态，全体共同体验幻想与幻觉。在现代，要让成百上千人在同一个空间中达到同样的心理状态，应该只有将场地布置成剧院内部模样，施展名为电影的巫术，才能让整个团体进入催眠状态产生共同幻觉吧。

　　电影有声化后全盛时期来临，那是美国的二十世纪二十年代。当时，看电影和宗教活动是相近的大事。一到星期天，人人盛装打扮和家人一起前往电影院，三十五美分的电影票就是香油钱。穿过宽广的大厅后踏入剧院内部，那里可说是美国式的神殿，各种来历不明的装饰覆盖了整个空间，有时是埃及神殿风格，有时是莫斯科风格，甚至出现阿拉伯与希腊的混合风格，毫无忠诚度地纳入世界上所有宗教建筑的要素。约翰·埃柏森设计的坎顿皇宫剧院，则是以室外建筑的概念，让人们可以在满天星光下，置身一处仿佛西班牙广场之地，感受电影的魅力。星星就是嵌在天花板上的数千盏小灯，放映室投影出的云彩则在夜空中流动。

　　当观众开始入席，大型管风琴的庄严乐声响起，歌舞团女孩接着献上舞蹈，宛如美国版的巫女祭祀之舞。整个交响乐团利用活动舞台从地下登场，当电影前奏的音符终于响起时，人人满心期待着电影神明的显灵。

因此我萌生将电影拍摄成照片的想法。曝光时间和电影放映的时间等长，也就是说当电影开始时打开快门，结束的同时关闭快门。随着时光推移，屏幕上的影像持续闪耀动作，在电影结束时，终究回归到一片银白。

相机的构造可说"复制"了人类的眼睛，从历史层面来看，十五世纪的画家开始研究远近法，同时人类对眼睛构造的研究也随之展开。研究的成果就是发明了暗箱，一种通过镜头将外界景象投影至箱子内部的装置。镜头的精密度因为天文观察的需求不断提升，到了十九世纪，暗箱构造结合了新发现的银盐感光材料特性，终于完成了摄影术的发明。

若把人类眼睛和相机构造相比，晶状体就像镜头，视网膜是底片，瞳孔则好比光圈。那快门是眼睛的哪个部位？快门之于相机是相当重要的一个装置，它以果断的态度面对分秒不停变化的现实，以及无法捕捉的时间，最后，对着时间拉出一条线，决定我们所见的事物。这个动作，把现实中模糊存在的实像，转化为拥有明确方向性和意义的虚像，定影在底片上。

　　没有快门装置的人类的眼睛，必定只能适应长时间曝光。从落地后第一次睁开双眼的那刻起，到临终躺在床头阖眼的那刻为止，人类眼睛的曝光时间，就只有这么一次。人类一生，就是依赖映在视网膜上的倒立虚像，不断测量着自己和世界之间的距离吧。

南无佛太子像
木造 ｜ 彩色 ｜ 玉眼 ｜ 像高约35厘米 ｜ 镰仓时代

骨之味

Q：对您而言，古董是什么？

A：是创作者应乞求赐教之师。

Q：现代人难道不能成为老师吗？

A：这个时代已经衰颓。

Q：您不关心当代艺术吗？

A：我认为艺术反映着时代。

Q：但是，您的作品也是在这个时代发表的啊……

A：我，是被耽误了千年光阴才出生的。

骨之味

我从没想到自己会变成今日的自己。无从想象的事情发生后演变为最终的结果，这情况时而有之，正如同我对古艺术品的收藏。1970 年后的四年间，我在洛杉矶的艺术学校学习摄影，当时加州正兴起一股反文化潮流，认为西方的物质主义发展过度的年轻人，开始走向东方神秘主义，哈瑞奎师那、西藏密宗、禅学等学派思想可谓百花齐放。当人们得知我是日本人，便会向我询问：什么是"悟"？无他法的情况下，我只好拿出以前在禅学问答集中读到的一句话，有曰：

不往死，亦不往何处，禅在此。不追寻，不言物。

我必须维护身为日本人的名誉，当被问及关于日本文化的问题时，势必要能给出令人信服的答案，我因此急忙翻阅各种相关佛典。在美国，禅学大师铃木大拙老师的著作以英语版本广为流传，我边阅读英语的《禅与日本文化》，边参照译成日语的版本。对真正参透道理的人而言，即便再艰涩的内容，也可以用简单的生活语言来表达，不明白个中真理的人反而会使用艰深的字眼，这是学院主义提出的一般论。《禅与日本文化》这本书便介绍了许多日本人耳熟能详的话语，但一旦要以文字说明，日本人便不知所措了。

甲斐国[1]惠林寺有位快川和尚，是武田信玄的禅学导师。信玄死后，快川因拒绝交出避难于寺中的敌兵，导致惠林寺被织田信长的军队包围。快川和士兵们把自己关进山门楼里，织田的军队采取火攻，火焰之中，僧侣们仍在佛前盘腿打坐，快川和尚一如往常对僧侣们讲道："你我今日被火焰包围，面临如此危机，各位要如何使达摩祖师的禅轮继续运转呢？请每位发表一句话。"

然后，每个人发表自己的领悟。众人语毕之际，僧侣们开始陈述自己的意见。当所有人皆达火界三昧[2]境界时，快川和尚说了这句禅偈：

安禅不必以山水，灭却心头火自凉。（铃木大拙《禅与日本文化》，岩波新书）

　　1974 年我移居纽约，当时纽约艺术界正处于六十年代波普艺术风潮告终、极简艺术和观念艺术等知性气氛兴起的时刻。我怀抱着一股野心，要以被艺术界轻视为二等媒材的摄影，在当代艺术中扬眉吐气。走到今日，我认为人生就是一种落差。由低处往高处爬升的过程是人生中值得喜悦之事，一开始就生于高位的人则是不幸的，因为他们的未来只有衰落一途。

　　在纽约，我主要的收入来源是支持年轻艺术家的各种奖学金。这类奖学金的设置，让我深感只有像美国这样以移民族群组成的新兴国家才拥有如此的宽广胸怀，争取资格并不会因为外国人的身份而有所差异。我首先拿到纽约州政府的奖学金，用这笔钱开始了在自然历史博物馆拍摄的"透视画馆系列"。在获得某种奖学金后，要争取到更大规模的奖学金就变得容易许多，第二年，我拿到了古根海姆奖学金。

　　美国奖学金制度有意思的地方在于，对付出的钱不要求任何回报。我在领取古根海姆奖学金时便被告知："此奖学金是为了让年轻、有潜力的艺术家，从维持生计的杂事中解放一年，以集中精力于创作作品。"我以这笔奖学金在美国各地旅行，完成了"剧院系列"。第三年，我得到美国政府出资的美国国家艺术基金会奖学金，就此展开旅行全世界所拍摄的"海景系列"。

第四年，我陷入了困境，可以申请的奖学金已全数申请完毕，在同一年，我结婚也有了小孩。我的妻子绢枝，曾在日本资生堂的广告部门上班，她厌倦了商业艺术，移居纽约后成为一位前卫的女画家。看着我的收入来源断绝，妻子似乎感到不安，她提出了自己开一家小店的想法。我们在刚开始吸引画廊成立的苏荷区，租了一栋小楼房中的二楼，经营起贩卖日本织物和古代民间工艺品的店。因为缺乏资金，当时的装潢还是由我和日本艺术家俄大工仲间一起完成的。

为了采购商品，妻子迅速回国，动用了在资生堂广告部门累积的资源及人脉，于三周后返回纽约。开店首日，我们的银行户头只剩两百美金，但是当天生意兴隆，连野口勇都大驾光临，买了一张明治时代刺子绣[3]的大包巾。一个月后，《纽约时报》周日艺术版以整版介绍我们的"MINGEI"古董店，几天之内，店内存货全部售罄。原本我对妻子的店铺生意只抱持协助的态度，但是当时小孩连一岁都还没满，很快地，出国采买的工作就落到我身上。

我其实是个连伊万里烧和锅岛烧都无法分辨的彻彻底底的门

138

三面六臂像
木造 ｜ 像高约22厘米 ｜ 时代不详

外汉，但很快就出发去采购了。被我买回来的东西包括奇怪的食荞麦面用的猪口小碗、印章盘、久留米织物，甚至是一些被认为是曾经历废佛毁释运动[4]、受到河水冲涤的光滑佛像。

返回纽约后不久，附属于日本外务省的国际交流基金会，在纽约的日本文化协会举办了"日本美术中的民俗艺术传统"展，这个展览集结了日本古代民间工艺品中最高水平的作品。当时的我第一次看到圆空佛[5]，首次见到室町时代的桧垣纹信乐壶，也刚认识了根来涂[6]所散发出的朱漆与黑漆之美。我对我采买的物品与它们之间的差距感到哑口无言。从那时起，我心里许下誓言，下次我一定要买回相同水平的东西。我把懊悔化作动力，开始认真对待这份工作。三个月后，我再次回到日本。在川越的古董店中发现一件很特别的佛像：三面六臂像（左页）。之所以被称为三面六臂，是因为佛像的两肩还各凿有两个洞，因而被推测原本有六条手臂。三面六臂像虽然不是圆空佛，但是那种气魄非常相似，这不是佛像雕刻师所造的佛像，而是修行僧侣的游戏之作。我第一次感觉自己买对东西了。

之后在飞驒高山，我买了一尊高十五厘米左右的小地藏菩萨像，这件在山中发现的宝物当时的收购价格是一万日元。这尊佛

地藏菩萨像
木造 ｜ 像高约15厘米 ｜ 镰仓时代

像，怎么看都很像千体佛中的一尊，尤其是侧脸部位和比例，都有着难以言喻的平衡感，是一尊小而优雅的佛像。

最初我只能认出物品是否古老，还没有判断年代的眼光，但看过好古董后，我的判断越来越准确。现在再看这张照片（左页），我想这尊地藏菩萨像最晚应是镰仓时代的作品，因为佛像的脸部散发着藤原时代的表情。我把佛像带回纽约后，并未陈列在店里，而是放在内室，只供自己欣赏。一日，一名年轻艺术家看到这尊佛像，说无论如何都希望我将佛像让给他，但我表示自己还想多赏玩一段时间，拒绝了他。结果他每逢周六便带着小花束登门拜访，说即使不卖也没关系，只要让他看看佛像就好。我终于被说服了，将佛像让给了他。于是，我过着晚上冲洗摄影作品、白天从事古董经营的双面生活。正式登记公司名号时，营业项目定为"古美术品的贩卖及当代美术的制作与贩卖"。

接下来的数年间，我往返于日本和纽约之间，每年四趟，一面巡礼寺庙佛阁，一面走访各地方的古董店。京都每月二十一日都在东寺举行弘法市集[7]，我会在早上五点以前前往，那是同行的交易时间。去了几次后，我和眼光相近的业者结为朋友，接着便被邀请一同前往地方上的同业市集。敦贺市集的地点在一座废弃的保龄球场，保龄球球道上摆满箱子，箱内堆满各种宝物，人们要在瞬间估价后举手抢标。这正是古董业界不可思议之处。在东京和京都，一流的古董店里各界名人雅士云集，是知性的高级沙龙；但一到地方上，这种行业就如同废弃物回收业一般。

我大学时代学过社会学，便运用田野调查的技巧，开始访问地方上的年轻古董业者。其中一位敦贺的业者，在高中毕业后便一直在核能发电厂的建筑工地工作，当发电厂都建造完成后，他面临失业，于是开始回收废弃物。他在废弃物中找寻可卖之物，然后带到京都的东寺市集。他也曾和同业合租小货车，在新潟县的街巷间往来收集废弃物。当时是田中角荣[8]的时代，我向几位新潟古董业者询问他们对田中角荣的意见，令人惊讶的是，当中没有一个人不曾受过田中角荣的恩惠。有人因此得以引了下水道，有人靠他得到工作，甚至有人因为他的介绍而结婚。我在此见识到了被称为"今太阁"的首相之力，以及日本式的政治风土原型。我想在山形县购买古老的木柜，就再度与当地的业者同行。最下游的木柜收购业者驾着小货车，在山里的小村庄间一户户拜访，用卡车上载满的全新闪亮柜子来换取幕末或明治时代的古董柜。白天一般家庭里只有老太太在家，她们都很高兴能以脏污的老旧柜子换来象征现代文明的新柜子。现代物品的价值和现代的价值观，究竟何者比较优越？我也无法判断。

某日，我在东京一家一流的古董店中，看到一件南无佛太子像（132页），这佛像刻画了圣德太子两岁时的模样。这座幼童之像，虽五官神情散发着一种睿智，但仍是不带成人感的童颜。我深深沉迷于这种绝对不可能存在的时空矛盾表现，如同迷恋女性般，对这尊太子像入神喜爱。抱着一股觉悟，我用身上全部的钱买下了它。

圣德太子出生的飞鸟时代（592—710）初期，是日本历史上非常艰难的时代。钦明天皇在位期间，是否接纳佛教的问题，造成崇佛派和废佛派的两派对立局面；还有朝鲜任那日本府被新罗国的军队推翻；虾夷民族统治了北方边境；以及中国的隋朝统一天下后对日本造成压力。国内民族对立加深，甚至发生了弑君事件，而皇族内又没有可以继位的皇子，只好立下日本第一位女皇。在这样的大混乱中，圣德太子二十岁时辅佐朝政，制定《冠位十二阶》和《十七条宪法》，并用心吸收新文化。日本文化因而迅速发展，圣德太子可说是拯救日本的人物。平安时代，将圣德太子神化而形成的信仰逐渐传开。到了镰仓时代，圣德太子信仰

净琉璃寺飞天光背残片
木造 │ 像高约27.5厘米 │ 平安时代

已经广及民间所有教派。这尊像也是镰仓时代的作品。平安时代
的《太子传历》和《古今目录抄》如此记载：

　　　　二月十五日，圣德太子合掌面东，南无佛赐舍利子，时
　　年仅两岁。

　　这尊南无佛太子像就是依此传说而造。我紧紧抱着这尊佛像
回到纽约，数个月后，佛像被普林斯顿大学纳为收藏。
　　再介绍另一尊命运坎坷的佛像，虽说是佛像，其实是装饰在
光背上的化佛（左页），化佛不知何时从日本流出，而我在欧洲
发现了它。从样式来看，似乎是藤原时代的定朝样式⁹，我立刻想
到平等院凤凰堂内的云中供养菩萨像，只是尺寸小了一些。后来
得知这原属于置于净琉璃寺正中位置的佛像，原本是阿弥陀如来
像光背上的化佛之一，我立刻前往净琉璃寺。光背上的化佛共有
十一尊，其中四尊自古被保留下来，而我在欧洲发现的这尊佛像
经确认是古人的相同手笔。净琉璃寺的阿弥陀如来像被指定为国
宝，为永承二年（1047）建立净琉璃寺本堂时所制，虽然光背也
被认为是同时期所造之物，但其实现在的光背是江户时代补制的。

传源赖朝像

绢本着色 ｜ 139.4厘米×111.8厘米 ｜ 镰仓时代 ｜ 国宝 ｜ 神护寺

照片提供：京都国立博物馆

江户时代光背补制完成后，本堂创建时所造的四尊飞天化佛被放回原处，并换下另外七尊有毁伤的化佛。这七尊中的一尊，浪迹天涯后来到了我身边，他盘坐云上，敲响乐器，身上天衣翻飞，从高空跳着舞蹈降临到我身旁。这尊飞天化佛后来成为柏克夫人[10]的收藏，预计未来将赠予大都会艺术博物馆。

　　1986年，我意外收到普林斯顿大学清水义明教授的请托。1983年里根总统访日之际，在首相中曾根康弘的度假地日之初山庄发表了将在华盛顿国家画廊举办"大名文化展"的消息。清水教授为策展人，我则以华盛顿方工作人员身份评估所有展出作品的保险价格。这并不是为了向任何保险公司投保，只是美国会以国家身份为展出作品担保。不过这回可难倒我了，国宝和重要文化遗产要如何估价才好呢？如果市场上曾经出现过类似作品，某种程度上还有参考价值，但是这次展览里大多数都是市场上绝不可能出现的宝物。

　　京都神护寺所藏的肖像画名品《传源赖朝像》（左页）便是一例，据说这是藤原隆信的手笔，当然被指定为国宝。当我们看日本画时会用"画品"形容绘画的格调，这幅《传源赖朝像》在画品上的地位自然无可超越，虽然被认定是十二世纪末之作，但与中世纪的欧洲绘画相比也毫不逊色，甚至优越好几倍。当我正为此烦恼时，清水教授联络了我。

实际上是日本文化厅非正式地联络教授，提及这件作品的估价。在近来的艺术品拍卖市场中，日本企业以最高价拍下凡·高的《向日葵》，若国宝《传源赖朝像》比《向日葵》还低的话，将是一件严重的事。我心中终于明白，原来价格完全是相对的，取决于时代的趋势、文化的消长、投机的想法、国家的尊严等，各种元素交织后浮现出一个抽象的数字，而这个数字表现的并不是作品真正的价值。这样一想，我立刻轻松定出了日币六十亿的数字。最近，这幅《传源赖朝像》在艺术学会间引发了争论，认为画中人物应该是足利直义的新论点占了上风。对于当时自己的不谨慎，我想起市场小贩唱的一段开场白：

> 来喔来喔，过来看看，这里您所看到的是赖朝公三岁时的头盖骨喔……

1989 年，纽约苏荷区成为流行的前线，房价飞涨，古董店所在的房子也被卖掉了。然而也就那么凑巧，从那时起我的作品也开始售出。就这样，我告别了十年的古董商生活。

　　南无佛太子像，捕捉了太子面向东方诵念南无佛时，合掌的两手间出现舍利子的瞬间。舍利是佛的遗骨，而古董就是"骨之味"[11]。有一次我在乡下古董店挖宝时，发现一只壶，那是镰仓时代的造型，壶中残留着湿土，以及类似骨头的东西。我试着把壶洗一洗，或许是因为污迹随着骨头流了出去，壶上出现了一层美丽的自然釉。古董的味道，也是死亡的味道。我一想到我存在的这个"生"，以历经数十世代的"死"和数百年前的镰仓时代相连，便陷入了遥想，想问自己究竟是从何处而来。

[1]　甲斐国：也称甲州，日本古国之一，位置相当于今天的日本山梨县。

[2]　火界三昧：佛教用语，形容即使身在火焰中，因心中有佛而余念不生的境界。

[3]　刺子绣：在棉布上以棉线缝绣细腻的古典花样以及几何图案，为日本传统手工艺。

[4]　废佛毁释运动：日本明治元年（1868），明治政府为强化天皇作为日本最高统治者的地位，强力鼓吹神道，下了神佛分离令，排斥与摧毁佛教，进而引发废佛毁释运动。

[5]　圆空佛 ：江户时代前期，名为圆空的行脚僧所雕刻的佛像。圆空走遍日本各地，并留下风格独特的木雕佛像，被称为"圆空佛"。

[6]　根来涂：即根来漆器，来自和歌山县根来寺。

[7]　弘法市集：京都市的二手古董市集，为纪念弘法大师（空海）而命名。

[8]　田中角荣（1918—1993）：日本政治家，1972年出任日本首相，任内与中国建交。

[9]　定朝样式：平安时代中期的佛像样式，被称为"定朝样"或"和样"，是日本佛像雕刻的典范。

[10]　柏克夫人（Mary Griggs Burke）：美国人，知名的日本古文物收藏家。

[11]　原文为"骨の薫り"。中文和日语中，"古董"也写作"骨董"。（编辑注）

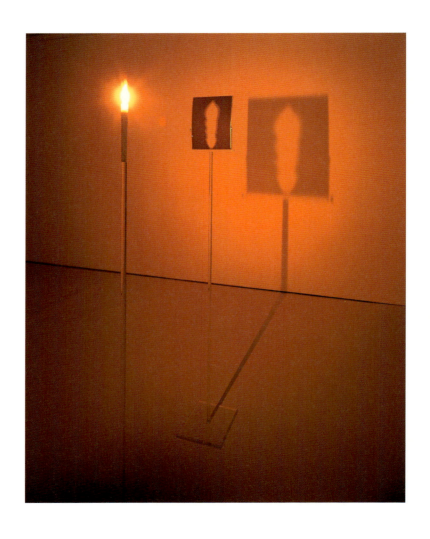

1999年4月，银座小柳画廊中，以日本蜡烛制作的装置作品。
以蜡烛照射拍下了蜡烛一生的底片，底片的影子投到背后的墙壁上

风前之灯

Q：在蜡烛的照射下，好像有什么阴影映了出来。

A：被照射的物体是拍下蜡烛一生的底片。

Q：什么是蜡烛的一生？

A：被火点燃后，到燃烧殆尽之间的数小时。

Q：形状好像有点怪异。

A：因为蜡烛的火焰随着当晚的风而摇曳。

Q：所以每晚都会形成不同的形状吗？

A：蜡烛，看起来相同，但是燃烧的方式却不一样。

　　没有任何一支蜡烛是相同的。

　　无风之日，它会稳定而缓慢地燃烧。

　　起风的日子，它则是激烈而短暂地燃烧。

Q：那这个影子是什么？

A：蜡烛以自己的火焰，照出自己的一生。

风前之灯

    活跃于明治时代的传奇落语家三游亭圆朝，有出自创自演的《死神》。该剧描述了一个被穷神盯上的男子，在穷途潦倒欲寻死之际，遇见了一名扶着手杖、骨瘦如柴的老人，这老人就是死神。死神教导这男子如何分辨人类的寿命，于是他便成了医生，赚了大钱。其中一幕场景是由无数蜡烛汇聚的火海，每团火焰都代表一条人命，死神引领男子进入此地，这片由无数蜡烛点燃的火焰海……

    火焰，火焰，尽是火焰的惊人场景历历浮现于我眼前，这是此段落语深深吸引我的原因，也是语言艺术不可思议之处。可惜我没能出生在明治时代，只能从阅读中体会圆朝的落语。只是在不知不觉中，我竟然也会自己演绎起来。

    故事接着发展，男子被富翁的三千两奖赏诱惑，决定替即将寿终正寝的富翁蒙蔽死神，将自己还剩一半多的蜡烛与之交换，但当死神让他看见自己的蜡烛即将熄灭时，男子慌张了起来，想用颤抖的手把正要熄灭的蜡烛点着。"啊，灭了。"舞台上的圆朝高喊一声，故事到此结束，布幕随声落下。那真是精彩绝伦的演出。

拍摄"蜡烛的一生"期间，我每晚独自一人在无垠的黑暗中看着点燃的蜡烛。日本蜡烛是取枦木果实榨汁抽蜡制成，不知道其中是否掺杂其他物质，即使在无风之日，蜡烛的火焰有时也会突然特别明亮，有时又自己摇曳起来。我感觉似乎有来自异界的生命，以类似摩斯密码或摇旗的信号与我彻夜交换信息，即使我没有解读的技术，对方还是不以为意地向我倾诉如故。

有时，火焰会变得无比黯淡，燃烧的烛芯尖会啪嗒落下，而这瞬间，眼前又突然一阵光芒灿烂。蜡烛仿佛罹患了躁郁症。仔细一看，这些光芒出现的时候，光的粒子以七彩颜色由中心往四面八方的黑暗散去，但这可能是过度注视光源，光在眼球中反射的缘故。若继续紧盯着看，反射会越来越严重，彩虹颜色的粒子溢满眼球，转变成一种催眠状态。在进入催眠的前一刻，我记得一种干渴，眼睛的干渴，反而忘了光的光辉。

古希腊时代的柏拉图有则著名的洞穴寓言。故事中的囚徒被关在一个偌大的洞穴中，他们只能面向墙壁。火光射进洞内，在

阴翳礼赞（局部） | 1999年

墙壁上映出世界的影子。久而久之，人们看惯了"世界"的影子，以为那就是真实的世界。

十八世纪的英国，一个贫穷打铁匠的孩子出生，历经苦难长大成为一名伟大的科学家，他就是迈克尔·法拉第，以发现电磁感应和法拉第电解定律而闻名。

1860年的圣诞节，法拉第在伦敦皇家研究所中，为并非专业科学家的一般年轻学子举行了六场演讲，演讲内容日后被结集成《蜡烛的化学史》，影响了许多日本少男少女，包括当时还是少年的我。书中从一支蜡烛的燃烧现象开始，生动描绘了自然界中的各种现象，阅读时就像在听一场以眼睛记忆的演讲。此书序文简列于下：

　　从原始时代的火炬到今日的蜡烛，人类在黑夜中照亮住家的方法，直接刻画出人类文明的尺度。史前时代的人类是火的崇拜者，在使用火的同时也思考着火的神秘性。或许已经有人接近真理，但我们最好还是谦卑地认为自己依然处在一个无可救药的无知时代。蜡烛是为了照亮此刻或自然界中的黑暗场所而制造的，然而我们必须在烛光的远方，先立起知性之光。我相信本书的读者中，一定会有人奉献一生致力于提升人类的知识，科学之源必须不断添加薪火。燃烧吧！火焰。(《蜡烛的化学史》，迈克尔·法拉第口述，三石岩日译，角川文库）

这是一篇多么动人的序言啊，演讲也是从蜡烛的身世开始谈起。因为对象都是年轻男女，法拉第也让自己回归年轻状态，以亲近的口吻发表演说。尽管如此，演讲的内容还是严谨的科学。法拉第依序说明了蜡如何由固体熔化为液体，然后成为气体，再化作火焰的过程。内容说明了木棉烛芯的毛细现象、燃烧现象，还有燃烧所需的空气、燃烧生成的水和二氧化碳、因热而产生的上升气流等。

欧洲的近代就在如此的理性精神下展开，换句话说，就是无神的世界。人类怀着自负，对自然界的所有现象照以理性之光，将一切摊在日光下检视。现在看来，十九世纪的科学思想，其实就是对科学的信仰，科学本身成为一种宗教，不论当时位于思潮边陲的亚洲地区是否因此受惠，拜科学之赐，我们身处的世界确实变得极为便利。

谷崎润一郎的《阴翳礼赞》，是考察日本文化内在阴影的名作，于昭和八年（1933）执笔。谷崎这样描述：

> 我经常思考，如果东方能发展出有别于西方的科学文明，我们的社会样貌或许将与今日大不相同。例如，如果我们有自己的物理学、化学，那以此为根基的技术或工业，势必也能发展出不同风貌。如此一来，日常生活中使用的机械、药品、工艺品，是否也会更符合我们的国民性呢？不，恐怕在物理学、化学的原理探讨上，也会产生与西方人不同的见解；针对光线、电、原子等的本质与性能，说不定也会发现有别于今日所知的另一类姿态。（谷崎润一郎《阴翳礼赞》，中公文库）

谷崎还在文中建议，如果日本人要发明自己的钢笔，应该会换为毛笔式的笔尖；他还抱怨收音机和录音机等发明让日本言语艺术中重要的顿挫文法逐渐消逝。

但是，让谷崎最感威胁的，似乎还是电灯带来的明亮。谷崎曾如此表达他对日本漆器的热爱：

> 而且，若将那熠熠生辉的漆器置于暗处，表层反映的摇

160

阴翳礼赞（局部） | 1999年

曳灯火似乎在提醒我们，在此寂静的房间，亦有清风徐来，这引人陷入冥想。若幽室内无漆器，则那烛光、灯火所酿造出来的光怪梦幻世界，那晃动之焰所冲击出的暗夜脉搏，不知魅力会灭减几分。

还有，赞美以漆器碟皿盛上羊羹的那段文字，也是我喜欢的段落：

> 如此说来，羊羹的色泽不正适于冥想吗？那玉一般半透明的昏暗表层，仿佛要将阳光吸至内部深处一般，让人觉得透着如梦似幻的微光。颜色是如此深邃、复杂……即使羊羹具备如此色泽，若将它置于盛放茶点的漆器器皿之上，表层的朦胧之黑便沉入难以辨识的漆黑，愈发引人冥想。当人们将那冰凉滑溜的羊羹含在口中时，会感到室内的黑暗宛如化作一粒甜美的方糖，融于舌尖。

当我出国拍摄海景时，一定会带上一盒"夜之梅"羊羹。切开紫色的羊羹，红豆的切口浮出表面，宛如寒空中月光照耀下错开的满天白梅。这种眼睛难以区分的，黑暗中的另一层黑暗，成为我拍摄"夜之海"的标准。

在法拉第之后，有近一百五十年的岁月流逝。自然界的黑暗已经完全曝晒在白日之下，但另一方面，属于自然界一部分的人类内心的黑暗，在人类愈是明白大自然构成原理的同时，却愈是沉入深渊。

文末我想用昭和五年（1930），以二十六岁青春之姿自尽的诗人金子美铃的《日之光》作结。此诗当时刊载于文学杂志《烛台》。

日之光

太阳的使者

在空中相会。

路上遇到南风，

南风问：您为何事来？要往何处去？

一名使者说：

为了将光明洒向大地，

让人类得以工作。

一名使者欣喜答道：

为了让花朵绽放，

世界充满喜悦。

一名使者温柔倾诉：

为了让灵魂清澈，

可以渡桥。

最后一名使者似乎有些寂寞：

我是为了制造影子，

所以还是跟你走吧。

那智瀑布图

绢本着色 ｜ 159.4厘米×58.9厘米 ｜ 镰仓时代 ｜ 国宝 ｜ 根津美术馆

照片提供：根津美术馆

异邦人之眼

Q：您在国外居住了很长一段时间。

A：法律上，我被称为日本侨民。

Q：不过在美国，您仍算是外国人吧？

A：所有美国人，都是外国来的人。

Q：旅居国外久了，您有怎样的感触？

A：反而让我更理解日本了。

Q：那是怎样的理解？

A：让我更想成为日本人。

异邦人之眼

一般我们认为，最了解一个文明或文化的人，一定是在那个文明或文化中长大的人。但是，日本的情况似乎不同。若探究谁最了解日本，会发现答案不一定是日本人，这是我长年旅居国外的体会。

另外，明治时代的王政复古¹究竟算不算一种革命？我对这个问题也做了多方思索。当时日本已大致建立起现代国家制度，前一代的德川幕府也已让出政权，整个过程并未发生任何流血革命，顺利而和平地"改朝换代"。若我们视明治维新为一场革命，那么我认为，与其称之为政治革命，不如说是宗教革命。我会这般思考，是因为当时日本打着国家神道革命的名号，破坏、舍弃了无数佛教艺术。明治初期兴起一阵废佛毁释的运动，就如同今日伊斯兰宗教激进主义的塔利班组织四处摧毁佛教遗迹，现在看来是极其野蛮的行为，但是数世代前我们的祖先也曾如此狂暴，与塔利班一样以宗教激进主义为借口，竭尽所能破坏佛教寺院。王政复古虽然旨在恢复古代天皇制，但某种意义上却可视为日本超保守势力的卷土重来。也就是说，现今日本的现代化，居然是在这种旗帜号召下完成的，真是非常讽刺。

奈良兴福寺在十九世纪的废佛毁释运动中被严重毁损。其住持还俗，成为自古与寺庙融为一体的春日大社的神职人员，兴福寺因此成为没有住持的寺庙。自镰仓时代重建以来，兴福寺虽然从火灾中幸存，但在这次运动中，食堂、细殿、宝藏塔无一幸免，佛像、经卷、佛器都遭丢弃，甚至连五重塔也被卖掉。五重塔原本预计是要拆除的，但因拆毁需要大量经费，以火烧毁又担心波及附近民宅，因而作罢。

长年荒废的法隆寺，此次却意外逃过一劫，原因是法隆寺将寺内飞鸟时代的传世之宝全数献给朝廷，寺内的金铜佛像因而被慎重保留下来，甚至还因皇室赐予重金而得以修复寺院。今日这些佛像都展示在东京国立博物馆的法隆寺宝物馆里。细细寻思，会发现这真是不合逻辑。法隆寺是由天皇家的直系先祖圣德太子所建，而圣德太子是制定《十七条宪法》、提倡"敬奉佛法僧三宝"，并于最后立佛教为国教的人。但同样的天皇家，现在却倡导废佛毁释，然后法隆寺却又将佛像奉献给天皇家，让天皇家来守护。

所谓革命时代的动乱无法，大概就是这样的情况吧。前一刻还提倡尊王攘夷、极力排外的日本，现在却改弦易辙，提倡文明开化、雇用外人。第二次世界大战时期也是如此，战前称外国人为恶鬼、畜生，战败后却推崇其为自由主义者。日本应停止这样愚昧的行径。

如此的时代背景下，明治十一年（1878），费诺罗萨二十五岁担任东京大学哲学、政治学教授。费诺罗萨以优异成绩从哈佛大学毕业后，被发现大森贝冢的爱德华·莫尔斯聘请来日。他原本就对美术感兴趣，在哈佛时曾研读艺术史，还是当时新创立的波士顿美术馆美术学校的第一届绘画班学生。来到日本后，看到狩野探幽的画时，他仿佛受到雷击般震惊，深受感动，浑然忘我。对费诺罗萨而言，那是在西方前所未见的绘画，单一色彩表现了人类精神最独创的形态，他因而一头栽进日本艺术的研究中。幸运的是，他有一名学生冈仓觉三（即后来的冈仓天心）。在冈仓觉三的翻译协助下，费诺罗萨亲自拜访日本画各流派的画家、贵族、各大名家，并观赏各大名寺中的古名画。当到了狩野家时，费诺罗萨自行拜师钻研狩野绘画，后来获封狩野永探理信的名号，成为鉴定师，为狩野绘画开立的鉴定书也受到狩野家认可。费诺罗萨在日本只待了短短几年，却已精通日本美术。传闻有人为了考验费诺罗萨，将一百张绘画的落款都遮盖起来请他鉴定，结果费诺罗萨一一说中绘者。费诺罗萨甚至将自己的长子取名为狩野。然而，费诺罗萨也深深感到若要挽救日本人已不重视的日本美术，就必须从社会、政治活动出发，通过演讲和著作拥护日本的传统美术。他也积极游说政府的重要人士，因此被文部省任命为美术行政。明治十七年（1884），在文部省的策划下，费诺罗萨首次前往京都、奈良，对古神社寺庙展开调查。同时文部省还特别要求法隆寺打开梦殿，准许费诺罗萨及同行的冈仓天心鉴赏观拜从未对外公开的梦殿观音像。根据记载，这尊佛像自古即为秘佛，见过的人屈指可数，甚至镰仓时代僧侣显真得业也未能获准观拜。尽管法隆寺坚持反对，但是在政府的压力下，费诺罗萨最终获准参观。冈仓天心观拜完后大为感动，写下这段话：

　　打开龛门，千年郁气苍苍扑鼻，暂可忍受。拨开蜘蛛网后，先见一东山床几，佛像立于后，触手可及。像高七八余尺，以白布、经切等物层层覆盖。久未出现的人气惊动龛中老鼠小蛇。解开白布后，先见一白纸，而揭示秘佛之际，雷声大作，吾等畏惧而止。白纸之下，佛像庄严仰卧。能亲眼拜见佛像，真乃人生一大快事。(《奈良六大寺大观》第四卷，岩波书店)

在那之后，费诺罗萨和好友毕契罗都因研究佛教美术而向往佛学，明治十八年 (1885)，两人舍弃基督教信仰，成为佛教徒，指导他们的是三井寺 (园城寺) 的樱井敬德。对于费诺罗萨，日本人应该抱持感谢之心，因为日本在追求欧化思想中几乎丧失了自己最珍贵的文化遗产，而费诺罗萨则将日本面临的危机降至最小。今日，在琵琶湖外约一公里的山间，费诺罗萨永远安息在三井寺别院法明寺中。

深爱法隆寺梦殿观音像的，还有安德烈·马尔罗。到底应该如何描述这个人？他在纳粹占领巴黎时是反抗斗士，曾一度是抱持共产主义理想的革命家，同时也是写下《人的境遇》的小说家、戴高乐政权的文化部部长，还是三岛由纪夫口中"我也想和马尔罗一样不断冒险"的冒险家。马尔罗最为知名的，便是以行动来坚持自己对宗教和政治的理想，他认为，万物之中都存在一种不朽，那不朽既非神，亦非革命，而是在艺术中可以得见者，即使

传平重盛像
绢本着色 ｜ 143厘米×111.2厘米 ｜ 镰仓时代 ｜ 国宝 ｜ 神护寺
照片提供：京都国立博物馆

艺术"无法使生或死正当化"（《非时间之物》）。他说过，"就像人相信神一般，我相信艺术"，就算艺术"什么也无法解决"，但"光是超越"，就已经足够。作为艺术家的我，也为马尔罗这样激昂的想法深深感动。

二十世纪三十年代，年轻的马尔罗就在巴黎搜集日本出版的艺术杂志《国华》，对于日本艺术相当熟悉。《国华》在明治二十二年（1889）由冈仓天心创刊，至今仍不断出版。战后，马尔罗把世界各地认定的艺术杰作，以幻想的方法收集起来，集结成《想象的美术馆》。传说中描写圣德太子的救世观音像和百济观音像也被放入这座"想象的美术馆"。马尔罗在"二战"前后曾四度访日。昭和三十三年（1958）来访时，他鉴赏了在《国华》中看到的两幅绘画真迹，其中一幅是根津美术馆所藏《那智瀑布图》（164 页）。这件作品带给马尔罗无比的冲击，他在《非时间之物》中如此描述："这件挂轴并不是绘画……而是一种符号。""画中垂直的水，明明从两百米高处往下坠落，却是完全不动的。""由寂静而生的风景。""向着空中耸立的白剑。""（那智瀑布的精神）一直都是在下的人间和在上的天空的对话。"这些感动，即使用尽所有文字去描述，也述说不尽。

另一幅画，是藤原隆信所描绘的《传平重盛像》（171 页）。马尔罗认为，这是对西洋绘画提出最强烈质疑的一幅画，因为它并非宗教性，而是精神性的。马尔罗说：“先人的肖像是死者的方舟，载着死者之脸航行。当然在这里不得不讨论其他文化如何表现人的面孔，毕加索创作了名为‘面具’的作品，但这个‘面具’就是画本身；基督教徒曾制作‘光荣的肉体’，而绘画本身就是复活的、从人间解放的肉体。至于《传平重盛像》的肉体，则因为绘画而从人性中解放，所以并不是属于西方的绘画。”〔米歇尔·塔曼　《安德烈·马尔罗的日本》（Michel Temman， *Le Japon d'Andre Malraux*）　〕

1966 年，在马尔罗的策划下，卢浮宫博物馆举办了日本绘画至宝展，《传平重盛像》被当作展览中最重要的作品。1974 年，马尔罗将《蒙娜丽莎》带进东京国立博物馆展览。身为日本人，我们可以了解外国人已经将《传平重盛像》以相当于《蒙娜丽莎》的价值看待，这是它应得的回报。但是，若没有马尔罗而单凭日本的力量，隆信的《传平重盛像》恐怕很难获得如此地位。

费诺罗萨从明治时代的混乱中救出多件名品，最后交给波士顿美术馆收藏，包括《法华堂根本曼陀罗》，这是日本唯一一件流落海外的奈良时代的绘画，此外还有数件平安时代的佛画。这些

174

作品若在日本，绝对会被认定为国宝。美国最重要的美术馆——
大都会艺术博物馆中，日本美术收藏的核心是亨利·帕卡德收藏。
帕卡德来到日本的时间，适逢明治时代之后的第二个混乱期，亦
即第二次世界大战后美军占领日本的时期。帕卡德在华盛顿大学
专攻土木学，战争开始后，便前往唐纳德·基恩、爱德华·塞登斯
蒂克等日本文化研究学者辈出的科罗拉多州，在海军日本语学校
学习日文，之后以情报少校的身份赴冲绳服役，在那时脚受了伤，
于战后转调中国，任务是将山东省青岛的日本人遣送回国。当时
他对失去所有财产、身上仅剩一件衣服的日本人感到同情，加上
对浮世绘多少有些兴趣，因而买下横山大观和其他日本现代艺术
家的作品。之后他担任 GHQ （驻日盟军总司令） 的顾问，再次来到
日本，想将当时买下的画作卖掉，却发现他买的居然全是假画。
有了这样的遭遇，他了解到收藏日本艺术的危险，也因此决心花
更多心血钻研。回到美国后，他在加州大学伯克利分校学习东洋
美术史，昭和二十八年 （1953） 再度赴日，在早稻田大学研究所
学习美术史。此时的日本因财阀崩解和财产税政策的影响，战前
的收藏家纷纷面临财务问题，一些不错的艺术品逐渐流入市场，
只要有眼力和资金，就可以买到相当好的作品。帕卡德决定，与

其成为艺术史学者，不如建立自己的收藏。尽管如此思考，帕卡德并没有充裕的资金，只好一面咬牙进行艺术品买卖，一面把其中最宝贵的作品收作自己的收藏。我认为，在象牙塔中研究学问的学者固然可敬，但我更喜欢像帕卡德这样拥有强烈意志的人，以自己赚来的钱买下自己深感兴趣的作品，然后把这些作品放在身边，一边和它们一起生活，一边研究它们，毫不厌倦。因为以金钱买下作品，就表示必须对它们负起所有责任。1975 年，帕卡德的庞大收藏——四百零四件作品进入纽约大都会艺术博物馆，当中有平安时代的《五大明王图像卷》、《老梅图》（狩野山雪），还有在金峰山出土的十一至十二世纪的神道美术作品《藏王权现镜像》及《藏王权现像》等。帕卡德捐赠的方式也十分特殊，一般大收藏家都喜欢将系列藏品冠上自己的姓氏捐赠给美术馆，但帕卡德却依市价将作品半捐半卖，所以名利双收。之后，他利用美术馆支付的资金设立基金会，提供奖学金资助学者研究日本和东洋美术，时至今日，这个基金会每年仍举办跨国的学者交流活动。亨利·帕卡德在 1991 年过世，我有幸在他晚年与他结识，每到京都便会前往他在大原的家中拜访。某天，我带着我自己的作品前去，因为他以前就说过想看看我的作品。我带的是"剧院系

地藏菩萨立像 ｜ 平安时代

列"。他看了看，突然说："我想要买，多少钱呢？"那时我还只是初出茅庐的艺术家，作品在市场上还待价而沽，我感到困惑，不知如何回答，只好暂时转移话题。这时，他向我出示了一张照片，应该是平安时代的作品，一尊相当大的佛像（左页），原来是他最近购入的佛像，放在伦敦。这回换我询问价格。这由一整块木头雕出的佛像，保存状况看起来非常良好，价格果然如我想象，是我无法支付的高价。当我脸上显出放弃的表情时，帕卡德居然说："你可以用自己的作品抵消部分款项。"就这样，我用我的作品换得佛像的一条手臂。支付完其他款项后，我还记得我手捧佛像，心里燃起了一股获拯救的感动。

接着，我要再介绍一个人——不，是一组人，一组至今仍积极收藏日本美术的收藏家：希尔文·巴奈特和威廉·波多。2002年秋天到次年春天，纽约大都会艺术博物馆展出了"书写的意象：日本的书法和绘画"，这是巴奈特和波多首次公开的收藏展，两人收藏的核心是日本书法。即使对日本人而言，书法都是极为艰深的领域，尤其是中世纪的墨宝，除了深入研究的学者外，现在一般人几乎都无法阅读，但是居然还有美国人专门收藏书法，光想象就令人吃惊。当然，巴奈特和波多对日语只略知一二，更不用说阅读日本文字了。

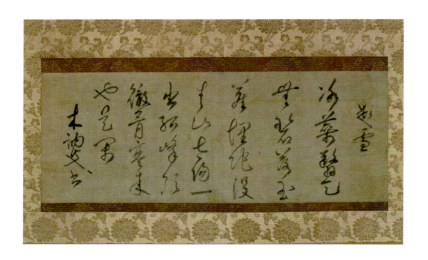

梦窗疏石书法 ｜ 镰仓时代
照片提供：巴奈特和波多收藏

这样的话，巴奈特和波多如何判断书法的好坏呢？根据他们的说法，这完全凭感觉，作品会主动传达出信息。某种意义上，书法将内在的精神性化作眼睛可见的形体，在纸上呈现出来，所以只要拥有看透那精神性的眼力，就没有任何问题。其实，看穿作品的精神性，正是巴奈特和波多的专业。他们长久以来一直共同研究莎士比亚，是莎士比亚学的权威，两人执笔的有关莎士比亚的教科书具有不可取代的地位，在美国大学学习莎士比亚的青年学子人手一册，而他们的书籍版税，全都用在收藏上。巴奈特和波多也是我二十多年的好友。波多曾参加太平洋战争，在瓜达尔卡纳尔海战时担任美国驱逐舰队队长，当时舰队遭受日本战斗机的拼命攻击而沉没，波多在海上经历九死一生后生还。巴奈特则是除了自己的兴趣外，对其他事物毫不在意，二十年来永远穿着相同的夹克，仿佛奢侈是他的大敌。巴奈特和波多生活简约，但却购买超高价的艺术品，例如这件梦窗疏石的书法（左页）。梦窗疏石是镰仓时代至南北朝时代的名僧，也是临济宗的禅僧，后醍醐天皇曾赐号国师。他非常具有禅僧气质，志在隐遁，每受朝廷强烈召唤时便隐居避世。梦窗疏石还以书法闻名，也是设计西芳寺、天龙寺庭园的园林师。在此我摘录书法中的诗句：

题雪

冰蕊翳天无碧落

玉尘埋地没青山

太阳一出孤峰顶

彻骨寒来也是闲

歌咏雪景。冰片覆盖的森林遮蔽天空，看不见蓝天。如玉般的白雪铺满大地，青山也被埋没。突然间，日光照亮山顶，彻骨之寒袭来，天地一片宁静。

这首诗意境深远，可以有各种诠释，读者最好依照自己心境反应来解读。当日头出现，照耀孤峰顶的那一瞬间，或许可理解为一种顿悟的境界。如此一思考时，回应顿悟的寒冷刺骨而至，却又呈现一股无以言喻的宁静。梦窗将诗中蕴含的情景，以书法显现于纸上，在这样的转换下，所谓文字的格调，都变成了可见之物。

登场的这五位人物，都是让我们再次理解日本艺术珍贵之处的外国人。在他们的面前，我们这些日本人，不才是外国人吗？

[1]　王政复古：1868 年，德川幕府大将军被迫将权力交还给十五岁的明治天皇，结束了德
　　川幕府的统治，开启明治时代。此运动被称为"王政复古"。

182

木箱 | 2004年

以马塞尔·杜尚《新娘甚至被光棍们剥光了衣服》 [东京版本（东京大学研究所综合文化研究科教养学部美术博物馆藏）] 为基础制作的复制品

大玻璃教导我们的事

Q：这名字真奇怪。是这次展览的题目吗？

A：是的。

Q：名字是盗用自马塞尔·杜尚的名作吧？

A：可以这么说。是对恶劣杜尚的小小报复。

Q：杜尚就是那个把小便池称为"泉"，

 然后直呼那就是艺术的人，对吧？

A：对的。从发生该事件的 1917 年纽约曼哈顿军械库展之后，

 艺术被改变了，现成品被发明了。

Q：也就是说，现在的展览是杉本先生创作的现成品作品。

A：也可以这么说。

Q：杜尚和您，有什么不同呢？

A：在杜尚发明现成品之前，摄影就一直以现成品艺术存在了。

 所以真正盗用别人想法的是杜尚。我只是想恢复摄影的名声罢了。

大玻璃教导我们的事

"所以，死亡的永远是别人。"1968 年逝世的杜尚，墓碑上刻着这番话。杜尚在生前便构思自己的墓志铭，这短短的文字是多么讽刺，多么戏谑，是杜尚留给那些造访他墓园的仰慕者的信息。今日，在被称为当代艺术的领域创作的艺术家，几乎都受到杜尚的影响，无论是以何种形态，或他们自己是否意识到，这样说应不为过。在他们当中，也有一群艺术家发现自己被杜尚强大的魔咒给困住，为了极力挣脱此种束缚而痛苦万分。当然，他们在解脱的瞬间，也将感到无限喜悦。在此，我很荣幸地说，我也是其中一人。我们若检视杜尚的后代系谱，首先是安迪·沃霍尔，然后还有贾斯培·琼斯、约翰·凯奇、理查德·汉密尔顿等，不胜枚举。

知性又俊美的年轻杜尚展开他的艺术生涯时，正是二十世纪初欧洲现代主义风行的时代。在艺术的世界中，欧洲遍地发生着各种前卫艺术运动：俄国的构成主义、意大利的未来派、发源于苏黎世的达达运动，然后还有立体主义、超现实主义。如果我可以改变我的出生，我希望能够生在那个时代。然而，杜尚身处这些前卫艺术的旋涡，却从不隶属任何一派，甚至和它们都保持距离。虽然永远是往后退一步保持距离，但事实上却又深刻相关，这就是杜尚的人生风格，特别是对于超现实主义。尽管超现实主义的领导者安德烈·布勒东是杜尚的毕生挚友，但杜尚并未因此成为超现实主义者。杜尚拒绝所有的风格标签，却也因此能够发挥更强烈的影响力，我欣赏杜尚这样的态度。杜尚在晚年的访谈中如此回顾自己的人生："我很幸福，我受到幸运的眷顾，我没有挨过一天饿，也没有成为有钱人，如此完成了我的一生。"杜尚从年轻时就有独特的觉悟，他几乎不卖作品，为了糊口而到图书馆打工，天天沉浸在阅读中。前往美国之后，他以当法语教师维生，但是这样的杜尚，却在艺术上带给佩姬·古根海姆和凯瑟琳·卓瑞尔等有钱妇人巨大的影响。杜尚冷眼观察富人的荣光和堕落，甚至也旁观有钱人优雅却又悲惨的生活。"我的资本是时间，而非金钱。"杜尚如此说道。

　　杜尚生平只有一件大型作品，1913 年他还在巴黎时便开始构思，移居纽约后正式制作，直到 1924 年放弃，俗称《大玻璃》。

186

机械样式0026，螺旋齿 │ 2004年 │ 出自"观念之形系列"
东京大学综合研究博物馆＋杉本博司
模型收藏：东京大学综合研究博物馆小石川分馆

这件作品是与东京大学综合研究博物馆共同制作的，曾在与卡地亚当代艺术基金会共同举办的
展览中展出

大玻璃的正式名称是《新娘甚至被光棍们剥光了衣服》，真是不可思议的名字。想了解这件作品，必须先看过杜尚为制作这件作品而写下的各种笔记，即别名为"绿盒子"的亲笔札记。让我们来参考一下这些笔记：这件作品"并不是画或绘画，而是'延迟'"，"所谓玻璃的延迟，就像是作为散文的诗，或是银痰盂般的东西"……读到这里，我非常了解读者想要弃读的心情，因为我第一次阅读时也是这种感觉，杜尚的所有笔记都像谜团般没有逻辑。对于新娘，杜尚如此记述："新娘基本上是引擎"，"新娘受爱的汽油（新娘的性腺分泌物）所驱动"。

"新娘让单身汉们褪下衣衫，虽然如此，以电气剥光衣服所产生的火花来运送爱的汽油的，是新娘自己。新娘看到火花后变成欲望的发电机，成为完全的裸体，甚至裸露全部。"以上叙述的是大玻璃上方的新娘部分。下方单身汉的部分，包括了"九个雄性铸型""底部带有路易十五样式的巧克力机""眼科医生的证人"等叙述。这些奇怪的笔记，描述的正是一个正经严肃的人无法直接面对的事情，且隐藏着诱发不可思议想象力的魔力。我深深着迷于杜尚布下的神秘罗网。1924年，《大玻璃》还未完成，但杜尚宣布放弃制作，也就是说，杜尚意图以未完成去完成这件作品。

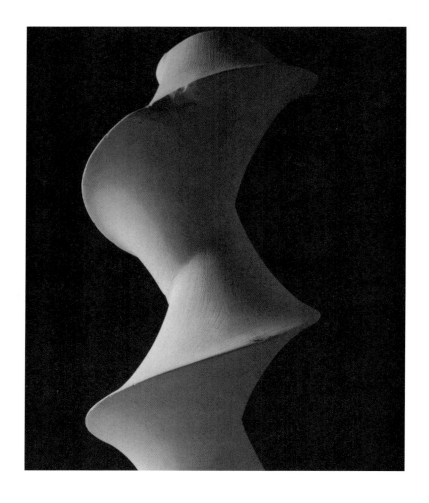

数学样式：曲面，0003，狄尼的曲面——扭转拟球面所得之连续负曲率的曲面
2004 年 | 出自"观念之形系列"
模型制作：Martin Schilling 社 | 1903年 | 模型收藏：东京大学大学院数理科学研究科

1926 年，《大玻璃》在布鲁克林美术馆展出，之后玻璃却在运输途中碎掉了，杜尚花了多年时间才将碎片一一黏合，但这偶然的破坏却造就作品的独特意味，杜尚非常喜欢，异常高兴。

此时这件《大玻璃》已捐赠给费城艺术博物馆，成为杜尚主义信徒的朝圣目标。据我所知，《大玻璃》有四件复制品，两件在斯德哥尔摩美术馆；另一件是理查德·汉密尔顿制作的伦敦泰特美术馆版；还有一件在东京驹场的东京大学美术博物馆。东京版的是把超现实主义引介到日本的诗人泷口修造在获得杜尚许可后制作的。但杜尚于 1968 年去世，无缘见到成品，而成品则是在杜尚的第二任妻子蒂妮夫人的确认下完成的。我根据这件细致的复制品，又制作了小型复制品，是遵循着杜尚的现成品概念制作的大玻璃的"小玻璃"。所以在这个意义上，我完成的复制品同样运用了现成品，而在这篇文章中刊载的影像，更是现成品的现成品。每当现成品的意义增加时，最初原件的原件性，便变得更加可信。同时，我从同样的东京大学藏品中，发现了一批十九世纪到二十世纪初德国制作的数理模型，制作这些数理模型的目的，在于让数学的三次函数转化为眼睛可见的形。此外，还有一批同样是十九世纪末但在英国制作的机械模型，用意是让学生了解机

2004年，在巴黎卡地亚当代艺术基金会展出的装置

械基本运动。这些模型深深吸引我的注意。它们是明治时代为了让日本迅速成为现代化国家而使用的教具，不过到了今日，却都变成无法使用的残骸了。我从杜尚笔记的启发开始，天马行空地生出各种狂想，再加上和数理模型、机械模型的意外相遇，于是我把所有要素加进大玻璃的"小玻璃"中，幻想着如此一来，不是就可以制作出三次元立体大玻璃的曼陀罗吗？

狂想需要煽动，而这次狂想的煽动，居然突然降临。我在东京大学综合研究博物馆小石川分馆拍摄模型时，特别在馆内搭建了专门的小摄影棚，当时巴黎卡地亚集团现代美术馆的艾卢贝馆长来访，看过几件试拍作品后，立刻决定邀我到巴黎展览。这真是太奇妙了。卡地亚的美术馆是法国建筑师让·努维尔的代表作，仿佛是一个巨大的玻璃箱，我在这个玻璃箱中为单身汉的房间和新娘的房间搭建起十八面独立墙，这无论是我对《大玻璃》的再解释也好，再引用也罢，最后我终于能任性地再现自己的狂想。

我为前来参观的民众写下简短的说明文字：

这里我所呈现的机械模型和数学模型，是我以完全不具艺术野心的心创作出来的作品，而这种非艺术性，燃起了我对艺术创作的欲望。艺术，是即使没有艺术野心也有可能成立的，有时甚至没有野心才真正对艺术有益。

我想，我受杜尚的毒害真是太深了。"受到杜尚影响前的我，究竟是怎样的我呢？"我不禁如此自问。但问完后，我却听到杜尚对着我说："世界上不存在答案，因为世界上不存在问题。"

佛海（三十三间堂·千体佛） | 1995年

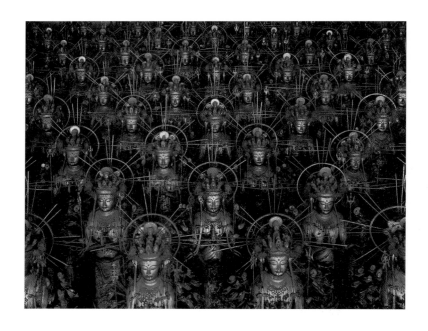

末法再来

Q：您为何想拍千体佛？

A：因为我既是艺术家，也是收藏家。

Q：这是什么意思？

A：因为我非常想收藏千体佛，但这是不可能的。

Q：所以才想拍摄下来啊。

A：是的，我用摄影来盗取它。

末法再来

对于已经丧失信仰的现代人而言，观看佛像究竟是怎样的体验？

平成六年（1994），我获准拍摄京都妙法院三十三间堂千体佛。事实上，我已经花费七年的时间申请，之前两次都未能获得许可。

我之所以如此执着，是因为这里头有着我无论如何都想亲眼看见的东西。京都妙法院三十三间堂是平安末期法住寺殿的御堂，也是后白河法皇御所，由平清盛所建立，并于镰仓时代再建，而今日的一千零一座千手观音像和二十八部众，几乎全都保留自再建时。所以我一直有个心愿，希望能从中再次确认御堂在创建时的理想光景。

因为在末法之世中，再现西方净土的秘密，就隐藏在妙法院里。

当我和千百具人类肉身一起通过御堂时，我突然有了这样的假设，或说是妄想：被放置在西方的佛像，将在晨间受到自东山升起的朝阳照耀。当朝阳擦过御堂前的屋檐往内殿深处射去时，沉没在凌晨黑暗中的一千零一座佛像，身上的金箔将突然炫目闪耀，而西方净土将如此再现于庄严的内殿之中。我认为这般法悦的瞬间，必定存在。

某日，当朝阳升起时，我站在尚未开门的御堂正面，由东大门窗格的细缝望去，此时，我看到御堂内的光几乎像画着平行线般直直射入佛堂正面的障子门。我的妄想，变成了现实。

终于在七年后的夏天，我获准于早上五点半进入三十三间堂拍照三小时，为期十天。当我进入堂中看见真实的阳光照耀景象后，我被我的妄想背叛了，因为我看到的是远远超越我想象的绝美。更让我震惊的是，在如此净土出现的法悦时刻，堂内居然完全没有护摩[1]的烟，也没有读经诵佛的音，是彻底的无人状态。

当我独自伫立在堂宇，当我被闪耀的一千零一座佛像包围时，我感到自己宛如身处佛教"来迎图"中。然后，我也预感到所谓的"死"，不过就是如此到访的东西吧。夏日的阳光璨亮，移动快速，不到半小时光景，阳光已越过佛堂，方才那闪耀刺眼的佛像，再次潜入黑暗的影子中。不久，佛堂僧侣点亮堂内的日光灯，把我

佛海（三十三间堂·千体佛） | 1995年

拉回最不可解的末法之世的现代。

因此，我仿效奈良时代孝谦天皇奉纳一百万座小塔的史事，在拍摄完千体佛后印刷出版一千份，象征一百万尊佛像。

西行有首诗歌，据说是描写拜访明惠的情景：

因此，歌咏一首和歌，要带着制作一座佛像的心情，每句话都如同在唱咏秘密的真理。

我将制作一尊佛像的思考，带进当代美术的创作里。但是，究竟哪一天我才能得法，我并不知道。在信仰已经消逝的现世，却还存在着深陷于末法时代里的我。我脑中开始浮现自己成为佛像的姿态。

[1] 护摩：取梵语 homa 之音，为火祭、焚烧之意。

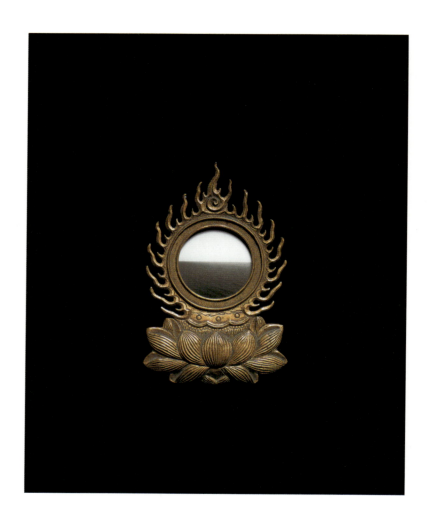

时间之箭 ｜ 1987年
火焰宝珠形舍利容器装海景照片 ｜ 综合媒材

更级日记

Q：这件作品的制作年代是什么时候？

A：海是约十五年前拍摄的。

Q：那把海装裱起来的东西，是什么年代？

A：是镰仓时代的舍利子容器。

Q：所以，这就变成现代和镰仓时代的跨时空合作了。

A：不只如此，你还忽略了很重要的一点。

Q：请问是什么？

A：就是海本身。海的制作年代，是悠远的太古。

Q：如此一来，这件作品的制作年代，究竟是什么时候呢？

A：制作年代是"时间之箭"。

Q：意思是？

A：时间之箭从开天辟地开始，通过镰仓时代，来到你的眼前。

更级日记

先姑且称这件作品为"火焰宝珠形舍利容器装海景照片"吧（202页）。将海景照片装裱起来的光背，是七百年前镰仓时代的作品，原本是收藏佛教舍利子的容器，里面夹入云母矿制成的薄板，佛的小小水晶粒般的遗骨被安置其中，一同放入黑色漆器佛具内。

那围绕海景照片边缘的刻画精细的鱼卵纹样，熊熊燃烧的火焰姿态，还有黄铜上厚厚的镀金，以及描绘莲花的优雅线条，证明了这是集镰仓时代金工技术于一身的精品。

二十年前，我在大阪老松町一家小小古董店的角落，在一个写着"佛教美术断片"的纸箱里发现了这件作品，当时，佛教舍利子和外装佛具都已不见。

当晚，我在大阪搭上新干线，归途中不断凝视这没有内容物的光背，然后想到，可以替代消失的舍利子的，就是海，一幅浓缩的海景。所以，我在冲洗用大型相机拍摄的海景照片时，不但不放大，还将之缩小，如此，我完成了渡过时间之海的佛舍利子光背作品。

在燃烧的火焰中平静伫立的海，使我联想到这座星球诞生后不久的太初景象，那是在孕育出生命前的炙热之海。为什么无垠的宇宙中，唯独地球上有水呢？为什么没有其他任何星球如地球般充满水呢？我花了很长时间思考这些问题，因为只要有水，便可和光共同作用，滋生出有机生命。我就是个彻彻底底的幻想狂，癖好就是反复不休地幻想、假设，这是我个性中最麻烦的地方。今天，我对宇宙的假设如下：

我们所居住的地球，有名为月亮的卫星环绕，而地球则环绕着名为太阳的恒星。从地球看到的月亮和太阳，似乎是同等大小，因此，若月亮和太阳的比重大致相同，两者对地球产生的引力也大体相同，所以潮汐起落就是因月亮和太阳的引力而生。我的假设就是，月亮和太阳的引力以相等的力量拉动地球表面的水，形成平衡，使原本应散入宇宙的液体最后完全停留在地表上。

要印证这个假设，可能要到悬浮于宇宙的其他星球上观察。

1991年，在箱崎日本IBM公司的池前举办的"海景系列"装置展

我们必须找到一颗星球，从这颗星球上望去，卫星和恒星的大小约莫相同，然后检证那星球上是否有水存在的痕迹。但我相信，若要在天文学中找到答案，还需花费很长时间。其实，地球上水的存在，以及潮汐的起落，与人类的生理系统息息相关。我甚至认为，人类心脏之所以可以跳动，也是这些现象的恩赐。

人类在不经意中，会受往日阅读过的文章的强烈影响，我年轻时一谈到时间意识，便会突然想起一段文字，出自三岛由纪夫的小说《金阁寺》：

> 我还想起那只挺立在屋顶上长年经受风风雨雨的镀金铜凤凰。这只神秘的金鸟，不报时，也不振翅，无疑完全忘记自己是鸟儿了。但是，看似不会飞，实际上这种看法是错误的，别的鸟儿在空间飞翔，而这只金凤凰则展开光灿灿的双翅，永远在时间中翱翔……这么一想，我就觉得金阁本身也像是一艘渡过时间大海驶来的美丽的船。

或许是金阁寺里的镀金铜凤凰形象一直残留在我内心深处的缘故，我想将自己的海景作品封印在融化的塑料里，任其曝晒在阳光下，让影像逐渐消逝。这个消逝的过程也属于作品的一部分，只是凤凰已烧毁而不复存在。所以我要制作的，是无人亲眼见证的，那美丽神鸟被火焰包围的状态，以及当神鸟展开宽大双翅向永恒飞去的一刹那。从现世牢笼的微微细缝中，凤凰和火焰一同离去。

对我而言，我以为真正的美丽，是可以通过时间考验的东西。时间，有着压迫、不赦免任何人的腐蚀力量，以及将所有事物归还土地的意志。能够耐受这些而留存下来的形与色，才是真正的美丽。所以，世上所有被创造出的事物，将从弱小者开始，一一接受时间的刑罚——有些东西消失于革命的战火，有些东西毁于大地震；有些东西因为风化而破败，有些东西因为水灾而损毁；有些东西则变成被捕获的猎物，而幽闭在美术馆的仓库里。

那些经历了世界各种灾难、渡过永恒的时间之海后继续存留下来的美，就如同最后搁浅在冲积平原的石头，从上游顺流而下，历经时间的琢磨，消除了原有的谄媚、主张、色彩、夸张，最终成为美丽的卵石，更成为仿佛自远古以来就是如此光彩的美。

只是，美丽有如白驹过隙，有一天，万物的颜色和形体都将消逝。这个世界，就是从有到无的移动过程中的片段，有时那些片段就像是解开谜题的符号，散发着美丽的光辉。

《古今和歌集》中有诗云："世间如梦如真，亦不知是真是梦。"
当然，我们无从得知作者是谁。

210

裕仁天皇 ｜ 1999年 ｜ 出自"肖像系列"

直到长出青苔

Q：您怎样看待昭和天皇？

A：战后发表人间宣言，被迫由神变为人。

Q：那天皇是怎样的人？

A：坚定的生物学者，却有着神的观点。

Q：意思是？

A：我喜欢他说的一句话。

　"世间没有名为杂草的植物"，当然，这里的草是人的比喻。

Q：非常感谢。

直到长出青苔

　　我有晨间散步的习惯，幸运的是，我东京的住所附近有许多不为人知但适宜散步的地方，其中之一就是光林寺。光林寺在麻布山腰，沿着古川而建。广大墓园盘踞着山坡地，老樱花树尽情伸展枝丫，当樱花盛开时，花瓣随风飘散，其美丽完全无以言表。在花瓣掩埋的草地上有座奇异的小坟，因为位于墓园最深处，我总是将这小坟当成散步的终点，在此折返。那是亨利·休斯顿的坟墓，幕末时代佩里黑船事件后来到日本的第一任美国使节哈里斯的翻译官。休斯顿负责协调美国和幕府签订《日美友好通商条约》的重大工作，两年半后，却在古川附近遭尊王攘夷派的日本人士杀害。当时他年仅二十九岁。幕末时代来到日本的外国人中，最了解日本的，恐怕就是他了。休斯顿曾有四年半时间待在日本，提升了自己的日语素养，并通晓日本国内各种事务。无论如何，他对日本是非常喜爱的。休斯顿生于荷兰，当时代表美国国家利益的使节哈里斯在沟通上遇到困难，因为和幕府交涉必须用荷兰语，休斯顿便在这样的情况下受聘来日。他旅居日本的日记《日本日记》，以法文流传了下来（以下引文出自《休斯顿日本日记》，岩波文库）。

安政四年（1857）十二月七日，是哈里斯与其随员晋见第十三代将军德川家定的日子。进入江户城后，休斯顿写道："城墙是纯白的，并装饰有三层宝塔，城墙上的楼台周围有着以石灰固定的回廊，这些细节与树木完全调和，就像画中的景致。"见到家定后，哈里斯向家定说道："我是以美利坚合众国全权大使的重要身份来到陛下的宫廷，请您接受这项荣誉。我并衷心期待两国间的长远友情更加紧密和谐，而我也会为此目的，不断倾注我所有努力。"对于哈里斯的发言，将军家定踏了三次地板后回答："很高兴贵国从遥远之地托付使节，带来书信，并从使节口中听到值得欢欣的消息，期待保持永远的交谊。"令休斯顿吃惊的是，将军的回答中完全没有任何人称代词。"将军如果使用了'我'这样渺小的代词，那就显得对方太伟大了。"休斯顿如此描述。

之后他又写道："但是，这个让我开始觉得可亲的国家，它的进步真的是进步吗？西方文明真的是符合它的文明吗？我赞美

214

这个国家朴实、不装腔作势的习俗,欣赏这个国家的土地丰饶,所到之处充满孩童笑声,没有任何悲惨景象。只是这幅幸福的情景,将因西方人带来的重大欺骗行为而走向完结。"

之后的日本历史就像休斯顿的预言一般,朝着悲惨的方向走去。唯一的慰藉便是,休斯顿在亲眼印证预言以前已遇害。

当时幕府的翻译官森山告诉休斯顿:"在日本有一种迷信,当不知该进或该退时,便在两张纸上写下两个文字,献给神(天皇),向神请求指示。天皇会打开其中一张,让所有人据此裁决行事。"

于是休斯顿反问森山:"若天皇的意见和政府相左,该怎么办?"森山回答:"如此的话,有几种解决方法,不是贿赂天皇的使吏,就是天皇自己从将军处拿到一大笔钱。"休斯顿因此了解到,日本除了象征权力的幕府之外,还有另一种权威象征:天皇。安政五年 (1858),就任幕府大老的井伊直弼未经孝明天皇许可,径行签订了《日美友好通商条约》,引发了一连串尊王攘夷和倒幕运动,并且情势愈演愈烈。数百年间几乎被遗忘的天皇,再次回到历史的舞台上。

天皇最后一次同时维持权威和权力,我想应是镰仓时代初期的后鸟羽院时代。昭和六十三年 (1988) 秋天,我造访漂浮于日

本海上的隐岐岛，因为我期待许久的海景，应该就在此地，加上
我以前就很喜欢《新古今和歌集》中收录的后鸟羽院的一首诗歌：

　　　我固守新岛
　　　隐岐海上荒浪
　　　袭来警戒之风

　　后鸟羽院在承久之乱战败后被流放到隐岐，这首诗歌便是他
在那时咏出的。自己是这座岛的新统治者，狂风随暴浪袭来，于
是对着海面下达命令。天皇的气概便是如此啊，我为此深深感叹。
因此，我想亲眼看到后鸟羽院曾经看过的那片海。抵达隐岐岛后，
一座几百米高的断崖面向着日本海，尖锐地切开了整个空间，利
落地耸立着。我站在那里，远眺眼前宽广的海洋，以相机代替吟
咏诗歌，纳入此景（216 页）。
　　后鸟羽院出生于源平合战后、镰仓幕府成立前的过渡时代。
当时即使镰仓幕府已经成立，京都朝廷和天皇的意识却未改变。
在关东的偏远地区，开垦土地的当地庄园主拥有武力，他们聚集
在一起，向京都朝廷宣言建立独立的小国。因为日本不同于古代

日本隐岐诸岛之海 ｜ 1988年 ｜ 出自"海景系列"

欧洲，庄园主以自己的血汗开垦了关东荒地，那为何还要交税给京都贵族呢？尽管朝廷任命源赖朝为"征夷大将军"，也就是让其自行治理荒地和部下，听起来像是军队的最高指挥官，但实质上并非如此。后鸟羽院在历代天皇中相当特别。皇家文化养育出的天皇，大多阴柔懦弱，但是后鸟羽院的个性却非常豪迈强硬，不但精通百般武艺——相扑、游泳、骑射，还特别热爱刀剑，甚至在御所中设立锻冶场，自己锻刀。由御所制造的刀都饰有菊花图样，据说这就是皇室使用菊花家纹的由来。有着如此个性的后鸟羽院，无法忍受本应是自己部下的幕府表现得如此强横。

有关倒幕的承久之乱，《增镜》中有详细记载。一般认为《增镜》出自南北朝时代的朝廷人士，它模仿平安时代的《源氏物语》，同样以拟古文体撰写。《增镜》让彻底颓废的宫廷文化假装回到平安盛世，这种时代错觉反而让人感到悲哀。开场的第一篇《荆棘之下》，借由描写荆棘茂密且杂乱的模样，感叹幕府的强横：

深山中

脚踏荆棘

人不知此为有道之世

218

因此，后鸟羽院提倡王政复古，并对全国武士发出讨伐镰仓的圣旨。但朝廷丝毫没考虑到，下了圣旨后，全国武士是否会迅速地归顺天皇，齐心协力推翻幕府。此时，意想不到的状况发生了，"尼将军"北条政子发表强硬演说，政子的声音让关东武士忆起幕府成立前对武士们的恩义，结果演说奏效，关东武士大多投向幕府方。后鸟羽院的王政复古号令，意外地让镰仓武士团结起来，"有如矶岸边高潮来袭"（《增镜》）——武士们攻进京都。

承久之乱后，日本继续遭遇各种国难，蒙古族统治中国及朝鲜，想趁势胁迫日本。但当时日本实际拥有国防危机意识及备战能力的并非天皇，而是领导武士的北条政子。综观之，王政复古的思想与时代现实完全脱节，因此无法顺势而行。所幸在文永、弘安之役中，日本虽两度与蒙古军交战，但对方两次都因遇上暴风雨而撤退。当时以朝廷为首的全国寺庙佛阁无不热烈祈祷战争获胜，因此对日本人而言，蒙古之战是受神灵保佑，是神灵把国家从国难中救出。此时，日本的神国思想终于完成，虽然神的后裔（天皇）从权力舞台上退下，但日本这个国家却因此成为神国。这种思想，一直延续到第二次世界大战投降的那个八月十五日。

日本的下一场国难，发生在约六百年后的幕末时期。上次是蒙古族企图统治世界，日本虽遭受波及，但幸免于难。而西起欧洲东至日本的元朝，即使版图庞大，终究走向灭亡。但这次不同，欧洲列强经历多次革命而迈向现代化，并将视线和野心投向亚洲。首先是在印度建立殖民统治，然后在中国发动鸦片战争，清朝政府不得不割让香港岛给英国。所以，在佩里抵达浦贺之前，包括吉田松阴¹在内的日本学者、爱国志士等，已得悉这些欧洲列强的野心。当佩里于安政元年（1854）再度抵日时，松阴潜伏于黑暗中，乘着小船来到佩里的黑船，希望佩里能秘密载他去美国，但是遭到了拒绝。失败的松阴因此被幽禁于长州监狱，并在狱中撰写《幽囚录》，提出日本应走的道路。松阴讲述南非和中国全都受到英国侵略，所以日本应该增强国家武备：

> 准备军舰，备足弹药，开垦夷蛮，封建诸侯……趁机夺取堪察加半岛，统治琉球……责斥朝鲜，令其进呈如古时盛世之贡品，北边进占满洲之地，南边统领台湾及吕宋诸岛，以此表示进攻之势。之后，培养爱民之士，坚守国土，保有我国之善。（林房雄《大东亚战争肯定论》，夏目书房）

《蒙古袭来绘词·后卷·第二十七纸》（局部）｜ 三之丸尚藏馆
照片提供：三之丸尚藏馆

松阴的弟子们后来成为明治藩阀政府的领袖，以近百年时间试图实践松阴的蓝图，令人惊讶的是，这幅蓝图最终以失败告终。

一个文明因其他文明的侵略而断送，这样的历史太过悲壮。1453年东罗马帝国因奥斯曼帝国入侵，首都君士坦丁堡沦陷；1532年印加文化因西班牙入侵而灭亡……历史并不宽容，弱者必从世界陨落，幕末日本也面临文明存亡的危机。当然，这当中也出现猛烈的抗拒。尤其孝明天皇极度厌恶外国人，加上身边的公卿对外国事务毫不在意，因此与外国交涉的事宜便落到幕府官僚身上。幕府官僚深知日本并非西欧诸国的对手，在种种压力下，不得不打开日本国门。于是，拥护天皇的尊皇派开始排外，发起两场自己也没有把握的小战争，即萨英战争和马关战争。文久二年（1862），英国商人因为骑马从藩主岛津久光的出游行列中穿过，遭萨摩军斩首。虽然在封建礼法上这是合理的处置，但对受害的英国人而言，却是极其蛮横之举。尽管幕府居中协调，萨摩军还是不肯谢罪。这就是所谓的生麦事件。十个月后，英国东洋舰队炮轰鹿儿岛，海洋变为一片火海。萨摩军队奋战挡下了登陆的敌军。长州藩也为了攘夷而封锁濑户内海，炮轰通过马关海峡的外国船只，结果是英国、法国、荷兰、美国的联合舰队在长州登陆

222

破坏炮台，但因长州军队顽强抵抗，无法久占长州。

虽然这两场战争日本并未战败，但萨摩军与长州军，乃至日本全体国民，都强烈意识到日本无法战胜西方列强的现实。如果无法战胜，那究竟该如何才好？接下来的策略便是不能落后于西方。因此，日本开始整备西洋式的军队，不断追随西方的脚步，将屈辱和失望埋藏心中，等待起死回生的那天到来。这种国民情感的共识已在暗中形成，并且一致认同应避免内乱，因为那就正中西方列强下怀，他们便可在混乱之中伸出统治的魔爪。印度就是实例。

就这样，日本朝廷和幕府的二元政治以幕府的"大政奉还"告终，江户城最终和平开城。末代将军德川庆喜在鸟羽、伏见之战中战败，乘军船逃回江户时，法国公使居然表示愿意给庆喜提供战争物资、军舰、炮弹。若庆喜接受，日本或许就会沦为法国的殖民地。但是比起延续德川家的传承，庆喜更在意延续日本作为国家的传承。若没有国家的危机意识，庆喜不会做出这样的决定——日本人首次有了"日本国家"的意识，因此，明治不是始于革命，而是始于维新。然后，后鸟羽院"王政复古"的梦想，也终于在这样的时代趋势下实现了。

　　维新之后，日本现代化的速度令欧洲列强惊讶，农作兴盛、军队现代化、宪法颁布、议会设立，如此筚路蓝缕约三十年，日本国力逐渐齐备，但其间也发生了甲午中日战争，以及再十年之后的日俄战争。大部分的说法主张，日本国力因为这两场战争而进一步增强，然后兴起了发动大东亚战争的念头。但我却认为事实并非如此。的确，甲午中日战争后，日本虽然与清政府签订《马关条约》，清朝依《马关条约》将辽东半岛和台湾岛割让给日本，但在俄国、法国、德国的干涉下，日本归还了辽东半岛。当时，日本因甲午中日战争而衰疲，在军事上没有任何余力反击，而西方列强也趁机攻击，日本只能再次品尝幕末的屈辱和懊悔。

　　之后俄国由朝鲜半岛出发，展开南下政策，日本为此抱着戒慎恐惧的警觉心。俄国的军力比日本强大十倍，那日本究竟该如何应变？当时的日本已多少具有判断国际外交情势的观念，于是和当时最强的英国联手成立英日同盟，结果造成国内对俄国开战的意识升高。在这样的情势下，首相桂太郎向明治天皇请示开战裁定，讨厌战争的天皇说道："虽然我不希望开战，但无奈事已至此。然而，一旦战败，要如何向祖先请罪，要如何面对国民？"说完，天皇流下叹息的眼泪。（三好彻 《史传伊藤博文》，德间书店）

224

对俄宣战战前会议 ｜ 明治神宫外苑 ｜ 圣德纪念绘画馆壁画
照片提供：圣德纪念绘画馆

参会人员：正中央为明治天皇，从其左手前方开始，顺时针依次为陆军大臣寺内正毅、外务大臣小村寿太郎、大藏大臣曾祢荒助、海军大臣山本权兵卫、总理大臣桂太郎、元老伊藤博文、元老山县有朋、元老大山岩、元老松方正义、元老井上馨

明治三十七年（1904）二月四日，在对俄宣战的战前会议中，明治天皇咏诵了这首诗歌：

> 四海皆同胞
> 人世间
> 为何兴起波涛

日俄战争中，艰苦的陆战让日本牺牲了六万名士兵，之后日本攻下旅顺要塞，却又在奉天会战陷入胶着，但最终获胜。日本虽然在海战上大获全胜，但军队在海陆两头持续消耗战力，元气大伤，而俄国方面也不认为自己在陆战上落败，继续伺机反击。这时，一件意外改变了所有情势：俄国首都圣彼得堡发生"血腥周日"事件，这是俄国第一次发出的革命之声。在俄国国内陷入混乱时，美国老罗斯福总统出面调停日俄战争，调停结果解开了日本长久以来的郁结，国内甚至弥s漫着一片战胜俄国的气氛。就这样，认为自己战胜的日本，和从未觉得自己战败的俄国，在美国的调解下缔结和平条约。日本得到库页岛南半部和中东铁路支线的控制权，但并未如国民所期待的那样得到赔偿金。外务大臣小村寿太郎回到日本时，舆论从庆祝胜利的气氛变成激愤，因为日本国民并不知道战争中日本的立场是如何艰苦。明治三十八年（1905）九月，反对和平条约的国民大会在日比谷公园举行，集结的数万群众变为暴民，放火烧毁内相官邸及警察总署。因为这场暴乱，日本国内不得不发布戒严令。就国民感情而言，日本牺牲无数同胞换得胜利，但国家最后却未真正得胜，他们无法接受。后来横滨、神户等地也发生暴动，成为扩展到全国的抗议集会。我认为，这场集会意味着，日本帝国意识已经渗透进了没有政治意识的基层民众心中。这种意识持续了四十余年，直到"二战"结束的八月十五日。大正十年（1921），大正天皇卧病在床，皇太子裕仁亲王就任摄政亲王。裕仁亲王摄政后的次年，皇居内新年的歌会题目改为"旭日照波"，裕仁亲王在歌曲中表达了他代天王执政、统率国家的觉悟。

世间中　繁星无数

宁静地

朝日从大海升起

昭和时代的历史，居然与这首歌所歌咏的希望背道而驰。昭和时代从金融恐慌开始，经历了昭和六年（1931）的九一八事变、昭和八年（1933）退出国际联盟、昭和十一年（1936）的二二六事件、昭和十二年（1937）的侵华战争，然后是昭和十六年（1941）的太平洋战争，日本不断往毫无胜算的战争中推进。

当时的首相是近卫文麿，他与美国交涉陷入胶着时交出了政权，并和陆军大臣东条英机一起推举皇室的东久迩稔彦为继任首相，因为两人认为，能够收拾此时情势的，唯有皇族首相。但天皇的亲信内大臣木户幸一极力反对，因为如此一来，一旦开战，皇室就必须为战争负起责任。从这里也能明显看出，反对者是以战败为前提提出意见的。虽然最终担任首相的是东条英机，但当东条向联合舰队司令长山本五十六询问胜算时，山本说："最初的一年应还可存活，但在第二年后完全没有胜算。若真要开战，我也只能尽我所能，如同凑川之战（楠木政成明知将战死，仍对战足利尊氏）一般。"

昭和天皇也反对开战。《近卫手记》记载着昭和十六年九月六日对美英开战决议表决会的情形：

日本的自然 ｜ 2003年 ｜ 出自"透视画馆系列"

　　昭和天皇取出明治天皇亲手御书的诗歌"四海皆同胞，人世间，为何兴起波涛"朗读，并说"经常拿起这篇诗歌朗读，戮力承续先皇爱好和平的精神"，满座肃然，久久未发一语。

　　昭和天皇与明治天皇的心愿，最终还是遭到遗忘，未能实现。天皇作为立宪君主，自明治以来便具有裁定政府决策的权力和惯例，但天皇一旦能全权决定政事，日本就会如德国一般成为专制独裁政权，这是现代国家努力避免的错误。但日本的情况却不同，决定展开残暴战争的，都是蛮横专制的军队。这次战争的导火线，是日本人心中从幕末开始生出的屈辱感，在美国发出最后通牒《赫尔备忘录》的刺激下，发起战争的声浪淹没全国，达到高潮。

　　战败纪念日那天，我在现已不存在的银座并木座电影院中观看了太平洋战争开战后不久拍摄的电影《夏威夷·马来海海战》，影片是后来制作电影《哥斯拉》的圆谷英二挑战特效摄影技术的国家策略宣传片。影片最后是两场海战后凯旋的日本海军舰队那乘风破浪的英勇姿态，我为此感到震惊，因为他生动地记录下当时日本国民的激动，若少年的我看到这部电影，必定会毫不犹豫地从军。我认为，从幕末攘夷运动起，至昭和二十年（1945）八月十五日投降，这近百年的日本史，绕不开日本文化或价值观。投降后日本修正宪法，天皇成为团结国家与民众的象征。但若仔细思考，天皇从后鸟羽院的时代起，就一直是个象征。在昭和天皇战后的回想中，他曾坦白说，自己只有两次逾越了立宪君主的权限，一次是在二二六事件时，另一次是在战争结束时。两次皆是政府机能已经完全瘫痪的状态，因此由天皇下达指示。侍从次长木下道雄在日记中，记下了昭和天皇在战争结束时吟咏的诗歌：

> 终结战争　不为我身
> 只为战死之民

> 我将承担苦痛　但求守住国家
> 带领人民前进

诗歌中的"国家"代表国家的主权，天皇在此决意再度踏上艰苦旅程。日本的国家主权延续自古代，不曾断绝，这在世界史上绝无仅有。在因革命、政变、侵略而兴衰交替的世界史中，只有日本奇迹般地继续维持着自古以来的王朝。我现在渐渐认为，若我们将日本整个历史视为一个世代，这个世代远远凌驾了时间的尺度。世界之始就是王朝之始，在此神话中的时间，不可思议地和我们现在所生存的当下时间持续连接。远古日本大地所涌出的灵气，现在我们仍在继续享用着。

最后，我以亨利·休斯顿从下田到江户时第一次看到富士山的印象作结：

> 我从天城山顶的云朵间出发，自山谷而下，极目皆是无尽田野。遍野柔和阳光，令人浑然忘我的美丽溪水自眼前流过。我绕着山腰而行，在伫立的松枝之间看到阳光照耀下的白色山峰。一眼即知，这就是富士山。我一生都不可能忘记，因为世界上再无任何美丽能与她匹敌。

---

[1]　吉田松阴（1830—1859）：日本江户幕府末期的思想家、教育家、兵法家。为日本明治维新的精神领袖及理论奠基者。

后 记

　　我在到达这个岁数以前，从未想过自己是能写作的人。我只是用眼睛追求形与色，独自一人探索着，就像面对黑白照片时，我总认为在那和谐的黑色影调中，还潜藏着无限色彩。

　　我一半的人生，都花费在把自己那如梦境般的妄想和假设，再现到自己的视网膜上，成为实际可见的形体与创作。为此，我认为摄影是最为适合的工具，尽管我不断对自己被称为摄影家感到不适，但我还是因此被称为摄影家了。不过我对于自己从事的其他工作，却找不到任何对应的名称。

　　我因此想要创造新的名词：幻视家、摄幻家、幻想家……这些虽是我的工作内容，但这些名词都不正确。至于是否真有可以与之对应的新名词去真正连接从我意识的混沌中沸腾出的想象，我只能不断自省。

　　在思考这些问题的某一天，在完全没有预兆的情况下，那个人出现在我面前。她是当时新创刊的实验文艺杂志《和乐》的主编——花冢久美子小姐。

对我而言，她就像为了"受胎告知"而飞来的天使。

"我带着神的消息而来，您将会怀孕，时候到了，您将会产下名为文章的婴儿。"

这就是她的托付。而我也接受每个月撰写十页连载文章的"神意"。

怀孕的处女玛利亚，在没有爱和丈夫的陪伴下生产，过程必定是痛苦的。而我也是如此，在完全无法预知结果的情况下，开始了我的文章连载。

幸运的是，收藏古董是我的兴趣，而我也从古董中学到许多东西。这些知识和体验，变成我创作中的阴阳两面，继续诞生新的形体。在我心中，所有最古老的事物，最终都会变成最新的事物。而这样的颠覆反转，不是很适合慢慢地、诚实地写进连载里吗？于是乎，我开始动笔。

动笔之后我非常讶异，我一直以为所谓的文章，是用头脑去写，但实际写作后才发现并非如此。我，用指尖让铅笔擦过白纸，在铅笔芯和白纸表面交织出的一个个文字里，我发现了令我惊讶的自己。

现在，我意识中的混沌已经沉淀，曾经浮现不出的字句，已可从指尖随意流露。或许是少年时代养成的阅读习惯，在潜意识中堆积了一片文字层，一旦受到写作企图和意识的刺激，文字就像亡灵般显现出来。

本书各篇文章开头，都有一小段导入性的问答。各位读者或许已经注意到，这些都是我的自问自答，每回答一个问题，就会唤起更深层的疑问。总之，我想借此引起各位读者的兴趣。但是现在思考起来，这些问题或许造成了反效果，希望不会让终于翻开书阅读的读者扫兴。

最后，我要诚心感谢让我陷进写作这个深奥世界的《和乐》前主编花冢久美子小姐，为了满足我的需求而四处奔波的编辑渡边伦明先生，我专属的设计师下田理惠，以及让出版发行本书的愿望得以实现的新潮社今川功先生、田中树里小姐与矢野优小姐。

译 跋

2009 年 5 月，我来到大阪国立国际美术馆观看杉本博司的个展"历史的历史"。我站在《泥盆纪》这件作品前，那是 1992 年杉本博司在纽约的自然历史博物馆拍下的四亿年前晚古生代的景象。当时生命正由鱼类演化为原始两栖类，开始了动物登陆的历史。画面远方朦胧可见缓慢游过的无脊椎生物，至今，它们依然漂游于深海当中；而登陆的脊椎动物，却逐渐累积智慧，开拓出现今的文明世界。

《泥盆纪》旁放着一张二十世纪五十年代的病床，上面躺着绳文时代的石棒。石棒代表男性性器，是古代用于受孕仪式的神器，形状直接而原始，就在床上静静等候搬运。我们脑中浮现产妇被送往医院的紧张场面，但眼前所见却是巨大、稳定的石棒——我们思绪错愕，怀疑起石棒将往何去，以及它从何而来，一如，我们对于生命的疑问。

生命、时间、历史，是杉本博司作品的核心，然后从这三点展开现代主义、建筑、佛教艺术、人类学等创作面向。杉本博司研究东西方文明的复杂脉络，最终透过摄影媒材呈现。正如他在《骨之味》一文开头所述，比起当代，历史更是启发他的导师，而他，就像一个被耽误千年光阴才出生的艺术家。

杉本博司 1948 年出生于东京，家族经营的美容美发用品商社"银美"是第二次世界大战后发展有成的公司，他父亲是拜师三游亭圆歌的业余落语家。杉本博司儿时未对艺术产生兴趣，最喜好的竟是木工与科学。初中时期，因对火车模型的爱好而开始使用相机拍摄各地火车照片。高中加入摄影社团，广泛涉猎文学、音乐与艺术。十八岁进入立教大学经济系就读，却在社团活动中展现艺术天分，设计的广告海报获得全国性大奖。大学毕业后，杉本博司为了在广告业继续发展，转往海外的洛杉矶艺术中心设计学院学习摄影，他在七十年代的洛杉矶，重新认识了日本及东方文化。

1974 年，杉本博司移居纽约，立志于摄影艺术创作。1975 年着手制作"透视画馆系列"和"剧院系列"。1976 年，在某次纽约现代美术馆的公开作品评论会中，杉本博司将"透视画馆系列"带给现任纽约大都会艺术博物馆摄影首席策展人玛利亚·汉堡观看,当下便被纽约现代美术馆纳入收藏,之后古根海姆美术基金会收藏了"剧院系列"。1980 年,杉本博司在莱奥·卡斯特里的介绍下,在伊莲娜·索纳本德的画廊举办首次个展,从此固定每三年一次在纽约极具历史与盛名的索纳本德艺术画廊举办展览。

　　九十年代起,杉本博司受邀于世界各地举办展览:1995 年于纽约大都会艺术博物馆,2000 年于柏林古根海姆美术馆,2003 年于伦敦蛇形画廊,2004 年于巴黎卡地亚当代艺术基金会等。2001年获颁"哈苏国际摄影奖",该奖有"摄影诺贝尔奖"之名,作品也获纽约大都会艺术博物馆、纽约现代美术馆、伦敦泰特美术馆、法国卡地亚当代艺术基金会等机构收藏,是活跃于国际的最重要的日本当代艺术家。2005 年,杉本博司于东京森美术馆举办"时间的终结"个展,是首次在日本举行的大规模回顾展,作品并于华盛顿赫希洪美术馆巡回展出。

　　除当代艺术家的身份外,杉本博司同时是古董商及建筑师。自 1978 年起的十年间,杉本博司于纽约经营古董店"MINGEI",锻炼出欣赏古美术的眼力,建立自己的古美术收藏 (参见 《骨之味》)。杉本博司曾完成多项艺术与商业的建筑项目,著名作品包括 2003 年直岛地中美术馆的"护王神社再建计划"（参见 《再建护王神社》），2009 年完成的伊豆 IZU PHOTO MUSEUM 等。

　　杉本博司说："我，从使用名为'摄影'的装置以来，一直想去呈现的东西，就是人类远古的记忆。""海景系列"就是牵系着人类混沌记忆的作品（参见《能——时间的样式》）。1980 年的一夜，杉本自问："现代人可以看到与古人所见相同的风景吗？"最初，他脑中浮现的答案是富士山与那智瀑布，但若将时间拉至地景存在前的太古状态，至今不变的唯一存在是那一望无垠的大海。于是三十年来，杉本博司造访世界各地，于断崖架起大型相机，等待天时（气候）、地利（地点）、人和（无船只和飞机等干扰）的瞬间。接着，在严格控管下将底片带回纽约冲洗成像，过程细致讲究，表现极简中富细节变化，甚至裱框都由杉本工作室自行制作。但是今天，因底片与银盐材料短缺，加上"九一一"事件后美国海关严格的 X 光检查影响底片质量，"海景系列"已不再拍摄，只能在持续向前的历史波涛中成为历史。

　　《佛海》同样源自历史的想象。杉本博司于七十年代后期移居纽约，那是当代艺术尝试将抽象观念可视化的时期，极简主义与观念艺术亦于此时萌芽。在如此浪潮下，杉本博司意识到以京都三十三间堂一千零一座千手观音佛像为代表的十二世纪东方宗教艺术，便是以相同动机完成的艺术杰作，它表达了西方净土的抽象概念。杉本博司以东山升起的朝阳，拍摄下安静绝美的《佛海》（参见《末法再来》）。

1999 年制作的"肖像系列"，则是杉本博司拍摄蜡像馆内亨利八世与其妻子们的蜡像所完成的作品（参见《无情国王的一生》），而蜡像馆里的蜡像，则是蜡像师参考十六世纪宫廷画师荷尔拜因的绘画所制成。摄影中所见的栩栩如生的肖像，竟是复写后的复写，杉本博司由此解释，摄影并不如我们以为是摄下真实，"说照片不会说谎，就是一个谎言"。同样隐含摄影思考的作品还有"剧院系列"（参见《虚之像》），杉本博司在电影开始时按下快门曝光，直至电影结束为止，若说摄影所见诚如人类所见，相机正如肉眼一般，那底片记录下的应是电影的所有细节，但剧院屏幕却只残留一方空白，因为摄影与人类最大的不同在于，"相机虽会记录，但没有记忆"。

"世界因欲望而存在，摄影则因欲望得以发明。"三十五年间，杉本博司受"知"的欲望驱使持续创作，而这本书便是他"知"的结晶。能够担任本书的中文翻译，深感荣幸。最后，要感谢杉本博司先生特别为中文版撰写序言，感谢居中协调的小柳画廊的小柳敦子女士、桥口熏小姐，艺术顾问 Ferrier Toshiko 女士，以及支持我艺术写作的父母与先生。

翻译参考文献

谷崎润一郎《阴翳礼赞 》 李尚霖译　脸谱出版

三岛由纪夫《金阁寺 》 唐月梅译　木马文化

参考文献

《日本古典文学大系·方丈记、徒然草》 岩波书店

《日本古典文学大系·保元物语、平治物语》 岩波书店

《日本古典文学大系·和汉朗咏集、梁尘秘抄》 岩波书店

安东尼娅·弗雷泽《亨利八世的六个妻子》 森野聪子、森野和弥译　创元社

Alison Weir. *The Six Wives of Henry VIII*. Weidenfeld & Nicholson history

铃木大拙《禅与日本文化》 岩波新书

法拉第《蜡烛的化学史》 三石岩译　角川文库

谷崎润一郎《阴翳礼赞》 中公文库

《奈良六大寺大观》第四卷 岩波书店

米歇尔·塔曼《安德烈·马尔罗的日本》 阪田由美子译　TBS 出版

三岛由纪夫《金阁寺》 新潮文库

《休斯顿日本日记》 青木枝朗译　岩波文库

林房雄《大东亚战争肯定论》 夏目书房

三好彻《史传伊藤博文》 德间书店

初次发表

《能——时间的样式》，出自 2001 年 9 月为配合奥地利布雷根兹美术馆和纽约迪亚艺术中心举办的能剧公演所出版的图录。

《虚之像》出自 1991 年《高等学校国语Ⅰ·三订版·教科书指导纲要》(三省堂)，并加以修改。

《大玻璃教导我们的事》出自小学馆《和乐》2005 年 2 月号。

《直到长出青苔》出自小学馆《和乐》2003 年 1 月号至 2004 年 3 月号的连载，并加以修改。

摄影协助

美国自然历史博物馆，纽约；卡内基自然历史博物馆，匹兹堡；丹佛自然历史博物馆；洛杉矶自然历史博物馆；杜莎夫人蜡像馆，伦敦·阿姆斯特丹；电影岛蜡像馆，布埃那公园；伊豆蜡像美术馆；广岛和平纪念资料馆；莲华王院三十三间堂

※ 本书图片，未特别标示摄影者及出处者，皆为作者摄影

KOKE NO MUSUMADE by Hiroshi Sugimoto

Copyright © 2005 Hiroshi Sugimoto

All rights reserved.

Original Japanese edition published by SHINCHOSHA Publishing Co., Ltd.

This Simplified Chinese language edition is published by arrangement with SHINCHOSHA Publishing Co., Ltd., Tokyo in care of Tuttle-Mori Agency, Inc., Tokyo

北京出版外国图书合同登记号：01-2021-6578

本书译文由大家出版社授权使用

图书在版编目 (CIP) 数据

直到长出青苔 / （日）杉本博司著；黄亚纪译 . -- 北京：北京日报出版社，2022.1（2024.5 重印）

ISBN 978-7-5477-4141-2

Ⅰ . ①直… Ⅱ . ①杉… ②黄… Ⅲ . ①随笔－作品集－日本－现代 Ⅳ . ① I313.65

中国版本图书馆 CIP 数据核字（2021）第 237647 号

责任编辑：卢丹丹

助理编辑：胡丹丹

特约编辑：贾宁宁

封面设计：林　林

内文制作：陈基胜

出版发行：北京日报出版社

地　　址：北京市东城区东单三条 8-16 号东方广场东配楼四层

邮　　编：100005

电　　话：发行部：(010) 65255876

　　　　　总编室：(010) 65252135

印　　刷：北京盛通印刷股份有限公司

经　　销：各地新华书店

版　　次：2022 年 1 月第 1 版

　　　　　2024 年 5 月第 2 次印刷

开　　本：1230 毫米 ×880 毫米　1/32

印　　张：7.625

字　　数：130 千字

定　　价：82.00 元

如发现印装质量问题，影响阅读，请与印刷厂联系调换：010-52249888 转 8763